H. Rider Haggard

As minas do Rei Salomão

Tradução e adaptação em português de
Werner Zotz

Ilustrações de
**Claudio Morato e
Wanduir Duran**

editora scipi

Gerente editorial
Sâmia Rios

Editor
Antonio Hansen Terra

Revisoras
Maiana Ostronoff (estagiária)
Paula Teixeira
Rachel Holzhacker

Editora de arte
Marisa Iniesta Martin

Programador visual de capa e miolo
Didier D. C. Dias de Moraes

Diagramador
Fábio Cavalcante

Ilustrações de capa
Wanduir Duran

Ilustrações de miolo
Claudio Morato

Traduzido e adaptado de *King Solomon's mines*, de Henry Rider Haggard. Glasgow: William Collins, 1977.

editora scipione

Avenida das Nações Unidas, 7221
Pinheiros
São Paulo – SP – CEP 05425-902

Atendimento ao cliente:
(0xx11) 4003-3061

www.coletivoleitor.com.br
atendimento@aticascipione.com.br

2021
ISBN 978-85-262-4772-7
CL: 734334
CAE: 220266
11.ª EDIÇÃO
19.ª impressão

Impressão e acabamento
Forma Certa

Dados Internacionais de Catalogação na Publicação (CIP)
(Câmara Brasileira do Livro, SP, Brasil)

Haggard, Henry Rider, 1856-1925.

As minas do Rei Salomão / H. Rider Haggard; adaptação em português de Werner Zotz. – São Paulo: Scipione, 1997. (Série Reencontro literatura)

1. Literatura infantojuvenil I. Zotz, Werner. II. Título. III. Série.

97-0003   CDD-028.5

Índices para catálogo sistemático:
1. Literatura infantojuvenil   028.5
2. Literatura juvenil   028.5

• ● •

Ao comprar um livro, você remunera e reconhece o trabalho do autor e de muitos outros profissionais envolvidos na produção e comercialização das obras: editores, revisores, diagramadores, ilustradores, gráficos, divulgadores, distribuidores, livreiros, entre outros.
Ajude-nos a combater a cópia ilegal! Ela gera desemprego, prejudica a difusão da cultura e encarece os livros que você compra.

• ● •

SUMÁRIO

Quem foi Haggard? 4
1. Os companheiros de aventura 7
2. A lenda das minas do Rei Salomão. 13
3. Umbopa 19
4. Caçada aos elefantes. 24
5. O deserto. 30
6. Os Seios de Sabá 35
7. A terra dos kakuanas. 39
8. O terrível rei Tuala 46
9. Ignosi, o verdadeiro rei. 51
10. Feitiços e rituais macabros 55
11. A batalha da colina. 64
12. O fim de Tuala 68
13. Ignosi cumpre sua palavra 72
14. A Morada da Morte. 77
15. O tesouro do Rei Salomão 80
16. No ventre da montanha. 87
17. Despedidas 93
18. Um último milagre. 97
Quem é Werner Zotz? 104

QUEM FOI HAGGARD?

Na segunda metade do século passado, muitos ingleses se deslocavam para terras distantes de seu país, na qualidade de militares e comerciantes. Isto porque a Inglaterra, país pioneiro na criação do sistema de produção em escala industrial (Revolução Industrial, 1780), produzia mais mercadorias do que lhe era possível consumir. Partiam eles então em busca de novos mercados, que dessem vazão a esse excedente de produção, bem como abastecessem de matérias-primas suas indústrias. Um deles foi a África: esse continente foi retalhado e explorado pelas potências europeias, ao longo de todo o século XIX e início do século XX, segundo seus interesses.

Sir Henry Rider Haggard foi um típico membro das classes enriquecidas que administravam e exploravam o imenso império colonial constituído pela Inglaterra nesse período. Nascido em Norfolk em 1856, filho de um advogado e neto de um alto funcionário da Companhia das Índias Orientais (empresa destinada à exploração do comércio com as colônias e os países submetidos ao poderio econômico e militar dos ingleses), recebeu excelente educação escolar, tendo tido ainda preceptores que o assistiram durante todo o rigoroso processo da sua formação. Já aos 19 anos de idade começou a servir aos interesses ingleses em suas possessões conquistadas no sul da África.

Nesse período o Império Britânico continuava se expandindo em terras africanas: o alvo agora era a região do Transvaal (parte da atual África do Sul), onde haviam sido descobertas jazidas de ouro e diamantes. Como esse território era ocupado pelos holandeses, iniciou-se um conflito no qual os ingleses foram vitoriosos, anexando-o em 1877. Após atingir seus objetivos, a Inglaterra enviou uma comissão administrativa ao local, da qual Haggard, então com 21 anos, fazia parte.

Foi ele quem pessoalmente hasteou a bandeira de seu país na nova possessão, passando a ocupar o cargo máximo em seu supremo tribunal.

Voltando a Norfolk dois anos depois, casou-se com a filha de um militar inglês e, de volta ao Transvaal, testemunhou sua rendição aos holandeses. Decepcionado, escreveu seu primeiro livro, *Cetewayo e seus vizinhos brancos* (1882), sobre um rei negro feito coronel de infantaria pelos ingleses. Nessa obra, relatava ainda parte de sua experiência na África. Embora o livro não tivesse alcançado grande repercussão, Haggard continuou a escrever.

Aliando seu talento de ficcionista às experiências vividas em "terras exóticas", como os britânicos consideravam os países não europeus, escreveu seus dois livros mais famosos: *As minas do Rei Salomão* (1885) e *Ela* (1887). O desconhecido, o misterioso, as paisagens selvagens e os povos estranhos exerciam um grande fascínio sobre os leitores britânicos. Haggard escrevia sólidas e vigorosas narrativas em uma época na qual o romance de aventuras era muito apreciado. Suas personagens são fortes e vibrantes, expressando-se mais através da ação que do pensamento. Da mesma forma que apoiava a política colonialista inglesa e acatava a ideia então vigente da "superioridade" natural dos europeus sobre os povos dominados, Haggard acreditava nas virtudes dos nativos africanos que lhe inspiravam os romances. Seus heróis e heroínas são seres cheios de sinceridade; seus atos são comandados por sentimentos simples e universais como amor, ódio, fidelidade, ambição, curiosidade, que os tornam bastante humanos e encantadores aos olhos do leitor.

O ponto de partida de *As minas do Rei Salomão* é a busca ao tesouro e às míticas jazidas de diamantes exploradas pelo Rei Salomão (personagem histórico, rei dos hebreus que viveu entre 1032 a.C. e 945 a.C.). Tal fortuna, escondida num ponto obscuro do continente africano, hipnotizava os aventureiros tanto quanto o lendário país de Eldorado.

Embora tenha escrito vários romances, havia em Haggard um lado extremamente prático: era uma autoridade em migração, agricultura e condições sociais nas zonas rurais. Baseado nos seus sólidos conhecimentos, escreveu dois livros sobre tais assuntos.

Em 1919 foi elevado à categoria de *sir* – título que lhe garantia um lugar na alta nobreza da Inglaterra – pelos serviços que havia prestado ao seu governo.

Sir Henry Rider Haggard morreu aos 69 anos, em Londres, no ano de 1925.

1
Os companheiros de aventura

É no mínimo curioso que me encontre aos 55 anos tentando escrever uma história. Porque, mesmo sendo leitor regular de novelas e romances, nunca tinha escrito mais do que apenas um depoimento. E isso faz muitos anos, numa ocasião em que buscava esclarecer ao delegado de polícia a morte acidental de um nativo. Daí tantas dificuldades para começar este relato, mesmo tendo em conta uma larga experiência de vida e muitos empreendimentos realizados.

Sim, porque, no tempo em que os demais jovens ainda estavam na escola, eu já garantia meu próprio sustento comerciando nas colônias sul-africanas. E desde aquela época exerci os mais variados ofícios, até chegar a caçador. No entanto, trabalhando duro por várias décadas, só bem recentemente consegui fazer fortuna. É bem verdade que não voltaria a viver os acontecimentos dos últimos 18 meses, ainda que tivesse todas as garantias de sobreviver são e salvo, além de tornar-me imensamente rico.

Mas, por que então tentar essa empreitada tão inusitada?

Primeiro, porque Sir Henry Curtis e o Capitão John Good gostariam de ver esta narrativa impressa.

Depois, porque me encontro impossibilitado de ir a qualquer lugar, com dores atrozes na perna que me obrigam a coxear muito. Consequência de uma antiga mordida de leão, que volta a incomodar todos os anos, na mesma época.

A terceira razão tem a ver com meu filho Harry, atualmente estudando Medicina num hospital de Londres, a quem gostaria de oferecer um motivo de distração. A quarta e última razão: a história que me proponho a contar é, sem sombra de dúvida, a mais extraordinária dentre todas as que conheço.

Os kakuanas possuem um ditado curioso e sábio: "Lança afiada não precisa de brilho"; e os colonos sul-africanos costumam dizer que "Pouco a pouco se percorre o caminho". Assim, vou iniciar a caminhada, compensando minha falta de brilho literário com o fiel detalhamento dos acontecimentos...

Há cerca de um ano e meio conheci Sir Henry Curtis e o Capitão Good na África do Sul.

Depois de uma expedição de caça aos elefantes pela região de Bamangwato, aliás bastante desastrosa, dirigi-me às áreas diamantíferas, onde vendi o pouco marfim que conseguira. Dispensados os caçadores nativos, negociados bois e carretas, tomei a diligência para a Cidade do Cabo.

Uma semana foi o tempo que consegui permanecer por lá: pouco havia a ver, o tumulto me incomodava e o hotel me explorava descaradamente.

Decidido a regressar a Natal, embarquei no *Dunkeld*, um pequeno navio de fundo chato que aguardava no porto a chegada do vapor *Edinburgh Castle*, procedente da Inglaterra. Na mesma tarde, depois de receber a bordo os passageiros transladados do barco transoceânico, o *Dunkeld* fez-se ao largo, iniciando a viagem.

Dois dos passageiros recém-embarcados despertaram minha curiosidade. O primeiro, um homem de aproximadamente 30 anos, possuía ombros largos, um peito poderoso e os mais fortes braços que eu já vira; ostentava barba e cabelos ruivos, olhos cinzentos e feição aquilina.

O conjunto fornecia um aspecto de altivez e nobreza. O outro passageiro era baixo, entroncado, moreno, com um inseparável monóculo no olho direito e sempre trajado com esmero e rigor, como alguém pronto a entrar numa festa de gala. Provavelmente, concluí, era um oficial da Marinha inglesa.

Mal a noite desceu, trouxe consigo um tempo desgraçadamente ruim: névoa e ventos fortes, que ocasionavam ondas gigantescas, abateram-se sobre o navio. Ao chamado para o jantar, desci até o refeitório. Já ocupando lugares na mesa principal, encontrei os dois ingleses que haviam atraído minha atenção.

De futilidades várias, a conversa evoluiu naturalmente para o assunto mais comum na África: as caçadas. Procurei responder, da melhor maneira possível, às suas muitas perguntas, até nos encontrarmos falando de elefantes.

Foi então que alguém, sentado atrás de mim, exclamou:

– Senhores, se estão interessados em elefantes, têm diante de si a pessoa certa. Quatermain é o caçador que sabe tudo sobre eles.

O inglês ruivo e forte, que até o momento mais escutava que falava, sobressaltou-se. Inclinando-se sobre a mesa, como para se aproximar do meu ouvido, perguntou em voz grave e profunda:

– Desculpe-me, cavalheiro, mas por acaso é o Senhor Allan Quatermain?

– Sim – respondi.

– Que sorte! – murmurou, sem que eu pudesse entender por quê.

Terminado o jantar, convidou-me – a pretexto de um trago e de uma cachimbada tranquila – a acompanhá-lo ao seu camarote. Seu amigo nos seguiu. Logo encontrei-me submetido a um verdadeiro interrogatório.

– Por favor, Senhor Quatermain, é verdade que há uns dois anos se encontrava num lugar chamado Bamangwato, ao norte do Transvaal?

Confirmei, com um sinal afirmativo, surpreso por aquele homem conhecer meus passos, uma vez que eles não eram de interesse geral – ao menos, assim eu pensava.

– E, por casualidade, não encontrou ali um homem chamado Neville? – continuou.

Os olhos do inglês, ansiosos pela resposta, não me largavam nem por um instante. E, olhando-o assim tão de perto, eu tinha quase certeza de já o conhecer de outro tempo e outro lugar.

– Encontrei, sim – confirmei. – Assentou seu acampamento ao lado do meu por quase 15 dias, para que seus bois descansassem antes de seguir viagem para o interior. E há coisa de poucos meses recebi uma carta de um advogado pedindo notícias de Neville. Respondi da melhor forma que pude.

– Sei – interrompeu-me. – Sua carta chegou às minhas mãos. Nela, o senhor conta que Neville saiu de Bamangwato no início de maio, com sua carreta de bois, um condutor, um guia e um caçador nativo de nome Jim, dizendo que pretendia chegar até Inyati, última vila na terra dos matabeles, vender ali a carreta e seguir viagem a pé. Parece que assim foi feito, porque seis meses depois o senhor viu a mesma carreta com um mercador português, que a tinha comprado de um branco.

– Exato – concordei, intrigado. Quem seria o meu interlocutor?

– Senhor Quatermain – prosseguiu ele, depois de breve pausa –, talvez também saiba que motivos tinha o meu... esse Senhor Neville para aventurar-se no coração da África.

– Ouvi alguma coisa... – respondi, fazendo-me reticente de propósito, para descobrir os rumos que a conversa tomaria.

O inglês percebeu minha atitude cautelosa e, para vencer minhas resistências, revelou-me a causa do seu drama.

– Acredito poder confiar no senhor, bem como contar com a sua discrição. Primeiro, deixe-me corrigir uma indelicadeza e apresentar-me: sou o Barão Henry Curtis. E a verdade é que Neville é meu irmão!

Fiquei atônito, ao mesmo tempo que compreendi por que tivera a impressão de já conhecê-lo: Neville era muito parecido com ele, só que menos corpulento e de barba e cabelos mais escuros. Não levando em consideração meu espanto, Sir Henry continuou a revelar-me os detalhes da sua história.

– Meu irmão mais novo, meu único irmão... Seu verdadeiro nome é George. Há cerca de uns cinco anos, tive um desentendimento sério com ele. Logo depois, nosso pai faleceu. E, como deve saber, na Inglaterra as leis contemplam os primogênitos com toda a fortuna, no caso de o patriarca morrer sem deixar testamento e se os bens forem apenas terras. Foi o que aconteceu. Assim, de um momento para o outro meu irmão viu-se sem um vintém. Eu, cego de raiva pela briga recente, comportei-me da forma mais injusta possível: simplesmente não o procurei para repartir o que, por direito, também lhe pertencia. Ele, orgulhoso, preferiu juntar seus poucos trocados e partir para a África em busca de fortuna, com o nome falso de Neville. Por anos e anos, arrependido, procurei por ele, sempre em vão, até saber da sua passagem por Bamangwato. Depois, sua carta trouxe-me um pouco de esperança. Mas, como outro período considerável se passou sem que conseguisse novas notícias, resolvi eu mesmo vir à sua procura. O Capitão John Good, meu amigo, concordou em acompanhar-me. Ah, Senhor Quatermain, de bom grado daria metade da minha fortuna para encontrar meu irmão e levá-lo de volta para nossa casa...

2
A lenda das minas do Rei Salomão

Terminadas as explicações, Sir Henry voltou a interrogar-me:

– Existe mais alguma coisa que sabe sobre a viagem do meu irmão a Bamangwato que não tenha revelado em sua carta?

– Só uma coisa, que não contei a ninguém. Suponho que ia em busca das minas do Rei Salomão.

– Minas do Rei Salomão? – exclamaram os dois ingleses a um só tempo. – Onde ficam?

– Também não sei – respondi. – Posso apenas imaginar sua provável localização. Há muito tempo avistei os picos das montanhas que as flanqueiam. Mas entre mim e essas montanhas havia pelo menos 200 quilômetros de deserto. E, pelo que sei, apenas um único homem branco conseguiu atravessá-lo.

Enquanto enchia o cachimbo com nova carga de fumo e o acendia, aproveitei a pausa proposital para arrancar dos ingleses um compromisso formal.

– Acredito só poder continuar a história sob a condição de os senhores se comprometerem a não revelar uma única das minhas palavras sem o meu expresso consentimento. Tenho razões suficientes para lhes pedir isso. Concordam?

– Pode contar com a nossa irrestrita reserva – garantiu-me Sir Henry.

Diante dessa promessa, passei a contar-lhes o que sabia sobre as minas do Rei Salomão.

Há muitos anos, em minha primeira caçada de elefantes no território dos matabeles, conheci outro caçador, de nome Evans. Era daquelas pessoas que, sob uma aparência rude, escondia enormes conhecimentos e uma sede sempre renovada de descobrir os segredos daquela terra misteriosa. Numa noite, ao redor do fogo do seu acampamento, eu lhe falava das muitas surpresas que tivera no decorrer das minhas andanças pelo território africano: minas de ouro, escavações de antiguidades...

– Pois eu conheço coisas ainda mais extraordinárias – replicou Evans. – Diga-me, rapaz, alguma vez ouviu falar das montanhas de Soliman?

Diante da minha negativa, continuou:

– Pois é ali, meu rapaz, que se escondem as famosas minas do Rei Salomão.

– Como é que sabe?

– Já pensou que Soliman, como são chamadas as montanhas, pode ser apenas uma derivação de Salomão, o nome do rei? Mas o que importa é que eu sei, e isso é tudo... – finalizou.

Um ano depois Evans morreu, ferido pelos chifres de um búfalo.

Na ocasião, não dei grande importância à revelação, e a teria esquecido para sempre, não fosse outro fato, acontecido 20 anos depois desse encontro.

Estava para lá da terra dos manicas, num lugar chamado Sitanda, uma miserável aldeia onde a caça é rara e o pouco que se encontra para comer é vendido a preços extorsivos pelos nativos. Estava em repouso forçado, para me recuperar de uma forte febre. Um belo dia apareceu por lá um português, vindo da Baía de Delagoa, acompanhado por um único mestiço. Tinha aspecto distinto, lembrando os nobres fidalgos que eu sempre imaginava ao ler relatos de aventuras. Ofereci-lhe um lugar na minha tenda para passar a noite. Dizia chamar-se José Silvestre e possuir uma fazenda em Delagoa. Na manhã seguinte despediu-se de mim, com um aperto de mão e algumas palavras:

– Adeus, amigo. Se algum dia nossos caminhos voltarem a se cruzar, serei o homem mais rico do mundo, e saberei lembrar-me de você.

Não ri porque realmente tinha poucas forças e não podia desperdiçá-las. Em silêncio, vi-o dirigir-se para oeste, adentrando o deserto.

Uma semana depois, já quase curado da febre, roía um osso de galinha comprada a peso de ouro, vendo o sol se pôr no horizonte, sentado à entrada da minha tenda. Ao longe, na claridade branca da areia do deserto, divisei um vulto que logo deduzi ser de um homem branco, porque trajava um longo sobretudo. Avançava com dificuldade, arrastando-se sobre os joelhos. Mandei um dos meus caçadores ao seu encontro. E quem me aparece?

Ele mesmo, José Silvestre. Ou melhor, seu esqueleto. Pedia por água, quase desfalecido, sem me reconhecer. Dei-lhe leite misturado com água; depois de beber quase dois litros, fui obrigado a arrancar o cantil de seus lábios. Acomodei-o o melhor que pude em minha barraca e ele atravessou as primeiras horas da noite delirando em febre. Falava do deserto, de diamantes, das montanhas de Soliman – era a segunda vez, em um curto espaço de tempo, que eu ouvia falar delas.

Perto da metade da noite, finalmente sossegou e eu aproveitei para também descansar. Acordei antes da madrugada e o encontrei sentado em silêncio na entrada da tenda, os olhos fixos na direção do deserto, imersos na lonjura. Assim que o primeiro raio do sol clareou a manhã, irrompeu na tenda a gritar:

– É ali!... Lá estão as montanhas de Soliman. Mas eu não as alcançarei... Ninguém as alcançará!

Acompanhei o olhar do moribundo e também as avistei: lá longe, a mais de 200 quilômetros, para além do deserto, erguiam-se dois picos cobertos de neve.

– Amigo, você está aí? – perguntou o português.

– Sim, mas é melhor descansar...

– Tenho muito tempo para descansar... toda a eternidade. Estou morrendo, eu sei... Você foi bom para mim, e não há razão para que eu leve comigo este segredo. Por favor, abra minha camisa e pegue a bolsa. Dentro dela, vai encontrar um pedaço de pano e um papel. O papel contém a tradução do que está no pano. Gastei anos para descobrir seu significado, para decifrá-lo. Pertenceu a um antepassado meu, que viveu por estas bandas há quase três séculos e que se chamava José da Silvestra – nome quase idêntico ao meu. Minha família conservou esse documento por todo esse tempo porque ninguém jamais conseguiu decifrá-lo. Eu o fiz, mas isso me custou a vida. Talvez outro consiga ter êxito. E, com certeza, será o homem mais rico do mundo... Não confie este segredo a ninguém. Vá você mesmo...

Logo depois entrou em novo delírio, morrendo antes de o sol se levantar por inteiro. Eu mesmo o enterrei, cuidando de proteger seus restos contra os assaltos das hienas e dos chacais.

Tenho aqui comigo uma cópia do documento já decifrado por José Silvestre. Vou lê-lo para os senhores e, a seguir, lhes mostrarei o mapa que o acompanha:

Eu, José da Silvestra, estou morrendo de fome na pequena cova onde não há neve, no lado norte do pico mais ao sul das duas montanhas que eu chamei de Seios de Sabá. Escrevo isto no ano de 1590. Escrevo isto com um pedaço de osso, num farrapo de pano da minha roupa, e com meu sangue por tinta. Se o meu escravo vier a me encontrar, deverá levar isto para Lourenço Marques, para que meu amigo (o nome está ilegível) leve a coisa ao conhecimento do nosso Rei, de modo que ele possa mandar um exército. Se o exército real conseguir cruzar o deserto, atravessar as montanhas e vencer os bravos kakuanas e suas artes diabólicas, e para isto serão necessários muitos padres, meu soberano se converterá no rei mais rico da Terra depois de Salomão. Vi com os meus próprios olhos os incontáveis diamantes guardados na câmara do tesouro de Salomão, atrás da Morte branca; mas, traído pela feiticeira Gagula, não pude colocar nada a salvo, nem mesmo minha vida. Quem vier, siga o mapa, escale o monte esquerdo dos Seios de Sabá até chegar ao alto, e em seu lado norte encontrará a grande estrada que Salomão mandou construir. Daí a três dias de jornada chegará ao Palácio Real. Mas primeiro mate Gagula. Reze por minha alma. Adeus.

José da Silvestra

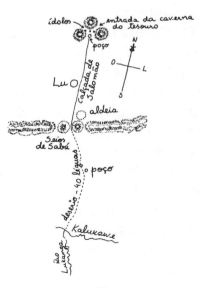

Mas os senhores também devem estar curiosos para saber como vim a tomar conhecimento de que o irmão de Sir Henry Curtis tentou essa mesma empreitada. Acontece que eu conhecia Jim, o nativo que o acompanhava. E foi ele que me contou, durante os dias em que estivemos acampados lado a lado, que iam em busca dos diamantes, para além das montanhas de Soliman – seu patrão tinha consciência de que iriam enfrentar perigos terríveis, mas estava disposto a tudo para fazer fortuna. Entreguei então a Jim um bilhete, com a recomendação expressa de dá-lo ao seu patrão só depois de chegarem a Inyati, a uns 200 quilômetros de distância dali. Isso porque não queria ser obrigado a dar mais explicações sobre coisas que não desejava comentar com ninguém. No bilhete, escrevi: "Escale o monte esquerdo dos Seios de Sabá até chegar lá em cima, e em seu lado norte encontrará a grande Calçada de Salomão".

Depois disso nunca mais encontrei Jim.

Percebendo que eu havia dado por concluído meu relato, Sir Henry continuou a conversa:

– Senhor Quatermain, estou resolvido a encontrar meu irmão. Se for preciso chegar até as montanhas de Soliman, eu o farei. Se necessário, irei além. Não pretendo parar até encontrá-lo ou até me convencer de que está morto. E, já que tive a sorte de conhecê-lo, não gostaria de acompanhar-me? O senhor conhece bem essas terras, e meu procurador falou-me da sua excelente reputação.

– Não, muito obrigado. Já estou velho demais para aceitar novas aventuras. Além disso, acredito que terminaríamos por encontrar um fim parecido ao do meu infeliz amigo Silvestre. E, tendo um filho que depende de mim para concluir seus estudos, não posso colocar a minha vida em jogo.

O nobre inglês não se deu por vencido:

– Senhor Quatermain, sou um homem de posses e transformei essa empresa em um dever. Pode pedir qualquer quantia, que a receberá antes de partirmos. E mais: posso deixar tudo encaminhado para que, no caso de nos acontecer alguma desgraça, nada falte ao seu filho.

– Sem dúvida – ponderei –, esta é a melhor proposta que já recebi. Mas, ainda assim, preciso pensar. Porque essa empreitada é também a maior e a mais arriscada em que já me meti. Prometo dar-lhe minha resposta antes de chegarmos a Durban.

– Correto – assentiu Sir Henry.

Naquela noite sonhei com o infeliz Silvestre e ainda com muitos diamantes...

3
Umbopa

A viagem entre a Cidade do Cabo e Durban leva entre quatro e cinco dias, dependendo das condições do tempo e do tipo de embarcação.

Durante toda a travessia a caminho de Natal, não deixei de pensar na proposta de Sir Henry um só instante. No entanto, nem ele nem eu voltamos a tocar no assunto, limitando-nos a falar de aventuras e caçadas.

Finalmente, num esplêndido entardecer de janeiro, avistamos a costa de Natal, e tivemos a esperança de dobrar o Cabo de Durban antes do anoitecer. Mas nossos cálculos se revelaram errados: foi impossível cruzar a barra ainda à luz do dia. Assim, ao cair da noite descemos ao refeitório para jantar tranquilamente.

Ao voltarmos para o convés, a lua brilhava por inteiro no céu, clareando a costa, parecendo competir com o faiscar do farol. Era uma daquelas noites que inspiram sentimentos nostálgicos, lembrando cheiros e sonhos passados, que só ocorrem no sul da África.

Sir Henry Curtis, o Capitão Good e eu acomodamo-nos perto da roda do timão, permanecendo por um bom tempo em silêncio.

– Muito bem, Senhor Quatermain – começou finalmente Sir Henry –, considerou a minha proposta?

– Sim – emendou o Capitão Good –, pensou sobre oferecer-nos o prazer da sua companhia e a experiência dos seus conhecimentos até as minas do Rei Salomão ou até onde tenha ido parar o cavalheiro que conheceu como sendo Neville?

Levantei-me e caminhei pelo convés. Até então não tinha uma resposta definitiva. Bati as cinzas do cachimbo na amurada, procurando ganhar tempo. E, antes que elas alcançassem a água, tinha me decidido.

– Irei, sim. Mas gostaria antes de combinar as condições. Primeiro: todas as despesas correrão por conta de Sir Henry. Segundo: o marfim ou qualquer outra preciosidade que conseguirmos, inclusive os possíveis diamantes, serão repartidos em partes iguais entre o Capitão Good e mim. Por último, o pagamento: Sir Henry me pagará, antecipadamente, a quantia de 500 libras, e ainda providenciará garantias para que meu filho, na eventualidade da minha morte, receba uma pensão no valor de 200 libras anuais enquanto não concluir seus estudos. Creio que talvez ache as condições exageradas...

– Não – atalhou Sir Henry. – Estaria mesmo disposto a pagar muito mais para poder contar com sua experiência e seus conhecimentos.

– Ainda assim – continuei –, gostaria de reafirmar os perigos dessa viagem. Acredito mesmo que não sairemos dela vivos...

– Que fazer?... – o Capitão Good sacudiu os ombros, reafirmando sua crença na fatalidade. – Não temos outra alternativa senão correr os riscos.

– Devem estar curiosos por saber por que aceito esta empreitada, mesmo não acreditando sobreviver a ela. Simples: penso que nosso destino está traçado há muito tempo. Já vivi mais do que qualquer caçador. Se morresse hoje, não deixaria nada para meu filho a não ser dívidas. Participando dessa expedição, garanto-lhe pelo menos um futuro seguro em qualquer hipótese. Vivo, terei 500 libras. Morto, ele receberá o suficiente para se formar...

Na manhã seguinte desembarcamos. Alojei os dois ingleses na minha casa, simples mas confortável, e tratei de iniciar os preparativos necessários para a longa viagem.

Antes, porém, dirigi-me com Sir Curtis para o tabelião local, onde registramos documento no qual se garantia a meu filho uma pensão anual de 200 libras caso eu viesse a morrer ou ficar inválido. Na mesma ocasião, Sir Curtis pagou-me as 500 libras combinadas.

Depois de alguma procura, encontrei uma carreta com as qualidades necessárias para vencer quilômetros de savanas. Grande, resistente, parcialmente recoberta de lona, dotada de rodas de madeira rija e um eixo de ferro de boa têmpera. Para puxá-la providenciei 10 juntas de bois, vacinados contra doenças tropicais. Aos poucos, a carreta foi sendo carregada com tudo o que julguei imprescindível: provisões, remédios, munições e armas –

estas, escolhidas entre as trazidas por Sir Curtis e as da minha coleção particular. Decidimo-nos por sete espingardas de cano duplo, de diferentes calibres, três rifles Winchester de repetição e três revólveres Colt.

Optamos por reduzir o número de serviçais ao mínimo indispensável: um guia, um boieiro e três criados. Foi fácil encontrar o guia e o boieiro: contratamos Goza e Tom, dois zulus. A seleção dos criados era tarefa bem mais delicada, pois da sua lealdade e coragem podiam depender nossas vidas. Ao final, tínhamos encontrado apenas dois: Ventvogel e Khiva. O primeiro era um hotentote velho conhecido meu, um dos melhores rastreadores de caça da África. Khiva era zulu e tinha uma grande qualidade: sabia falar inglês com perfeição.

Assim, só nos faltava um terceiro homem, que cansei de procurar inutilmente. Resolvemos então iniciar a viagem sem ele, na esperança de encontrá-lo no caminho. Na véspera da partida, Khiva entrou na sala dizendo estar na varanda um homem que queria me ver. Terminei de jantar e pedi que o fizessem entrar. Surgiu então um homem alto, forte, de feições nobres, pele mais clara que a dos zulus, aparentando uns 30 anos. Saudou-me com um gesto de mão e sentou-se, cruzando os pés, num canto da sala. Seu rosto pareceu-me familiar.

– Acredito já tê-lo visto antes... – disse.

– Sim, Macumazahn – respondeu o homem, chamando-me pelo nome com que sou conhecido entre os nativos e que significa *homem de olhos abertos e vigilantes*. – Foi em Isandhluana, na véspera da batalha.

Então eu me recordei. Eu tinha sido guia dos ingleses durante a guerra contra os zulus pela ocupação daquela região. Tive a sorte de deixar o acampamento britânico um dia antes do confronto fatal, pois fora encarregado de conduzir um comboio de carga para uma localidade próxima.

Enquanto os bois eram atrelados às carroças, conversei com aquele homem, que era uma espécie de comandante dos nativos aliados a nós. Ele expressou suas dúvidas quanto à segurança do acampamento. Retruquei-lhe que se calasse e deixasse esses assuntos a cargo de pessoas mais sábias. Os fatos, entretanto, comprovaram que ele tinha razão.

– Agora me lembro – disse ao nativo. – O que você quer?

– Ouvi falar que Macumazahn vai para o norte, conduzindo uma grande expedição. É verdade?

– É... é verdade.

– Ouvi também que vai até o Rio Lukanga, a uma lua de marcha de onde termina o país dos manicas. Também é verdade, Macumazahn?

– Qual é o seu interesse nisso? – perguntei, já um tanto desconfiado, porque tinha mantido em segredo os objetivos da nossa viagem.

– Pergunto, homem branco, porque, se isso é verdade, quero acompanhá-los.

Havia uma certa altivez na sua atitude e na sua forma de tratamento (chamar-me de "homem branco", em vez de "chefe", como era habitual) que me incomodava.

– Não acha que está exagerando um pouco no seu atrevimento? – retruquei. – Primeiro, diga-me seu nome e sua aldeia, para que eu saiba com quem estou tratando.

– Me chamam Umbopa. E, apesar de pertencer à raça dos zulus, não sou um deles. A terra da minha tribo fica muitas milhas ao norte, mas fui abandonado ainda pequeno. Não tenho pátria e faz muitos anos que levo uma vida errante. Já lutei em muitas guerras. Vim para Natal com o fim de conhecer os costumes dos homens brancos. Mas estou cansado e quero voltar para o norte. Este lugar não é para mim. Não peço dinheiro. Sou corajoso e sei pagar com meu trabalho a comida de todos os dias. É só o que tenho a dizer.

Aquele homem e seu linguajar me intrigavam. Acreditava que, no geral, não estivesse mentindo, mas também não me parecia estar dizendo a verdade absoluta – oferecer-se para nos seguir sem receber pagamento... Na dúvida, sem saber o que resolver, consultei meus companheiros. Sir Henry pediu que eu o mandasse levantar-se. Umbopa deixou cair no chão o capote militar que o cobria e ergueu-se, conservando apenas a faixa de pano que os nativos usam na cintura. Sem dúvida, era um soberbo homem: quase dois metros de altura, uma fortaleza de músculos.

Sir Henry aproximou-se de Umbopa, examinando-lhe o rosto imponente e bem-talhado.

– Dois colossos, não? – comentou o Capitão Good, observando o nativo e o inglês frente a frente. – Um mais forte que o outro.

– Gosto de você, Umbopa – disse Sir Henry, em inglês –, e o contrato a meu serviço. Você vem conosco.

Umbopa com certeza entendeu o que lhe foi dito, porque respondeu em zulu:

– Está bem. – E, admirando a grande estatura e força do branco, completou: – Somos dois homens, você e eu!...

4

Caçada aos elefantes

Saindo de Durban no final de janeiro, só chegamos à aldeia de Sitanda no início de maio, depois de percorrer aproximadamente dois mil quilômetros. Com uma agravante: a travessia dos últimos 500 foi realizada a pé, porque nessa região infestada de moscas tsé-tsé os bois não sobrevivem.

Haveria, sim, muitas aventuras a narrar. Mas, na sua maioria, seriam repetições de centenas de outras histórias já contadas sobre a África.

Em Inyati desfizemo-nos da carreta e dos bois. Dos 20 que comprara em Durban, só restavam 12. Deixamos nossos pertences aos cuidados de Goza e de Tom, e pedimos a um missionário escocês que olhasse pelos bens e pelos homens. Contratamos meia dúzia de carregadores e prosseguimos acompanhados apenas de Umbopa, Ventvogel e Khiva.

A tristeza seguiu viagem conosco, principalmente porque não tínhamos grandes esperanças de voltar a encontrar um dia nem Goza, nem Tom, nem a carreta. Algum tempo depois, Umbopa desandou a cantar uma alegre toada que falava de mulheres bonitas, pastos verdes, gado gordo e provas de valentia. A alegria de Umbopa conseguiu contagiar-nos e seguimos mais leves e despreocupados, encarando seu canto como um bom presságio. À sua própria maneira, sem nunca abandonar sua dignidade, Umbopa era jovial e conseguira o respeito e o apreço de todos. Vez por outra, é verdade, mergulhava numa crise de melancolia que o mantinha calado por um bom tempo.

Já fazia uns 15 dias que deixáramos Inyati para trás quando entramos numa região de árvores e rios. Uma tarde, chegamos a um lugar particularmente bonito, ao pé de uma colina, quase à beira de um riacho. Resolvemos montar ali o acampamento, cercando-o com uma sebe de galhos espinhosos, em forma de círculo.

O jantar foi servido à luz da lua cheia: lombo e tutano de girafa, morta naquela tarde pelo Capitão Good, agora chamado de Buguan pelos nativos. O novo nome, que significava *olho de cristal,* devia-se ao monóculo constantemente usado pelo inglês.

A noite encheu-se de rugidos de leões e de ruídos de elefantes pastando.

– Poderíamos muito bem ficar aqui um par de dias, descansando e caçando alguns elefantes – propôs Sir Henry.

Nos dias anteriores, sempre fora ele quem demonstrara ter mais pressa. Ainda assim, não estranhei sua proposta; são poucos os verdadeiros caçadores que resistem à oportunidade de medir forças com os grandes paquidermes.

– Muito bem, então agora é dormir – concordei –, porque à noite é impossível sair atrás dos elefantes. Mas precisamos levantar antes do amanhecer para seguir suas pegadas.

O Capitão Good repetiu o ritual de todas as noites: lavou os dentes com bochechos de água fresca, despiu as calças e a camisa, dobrando-as cuidadosamente, e ajeitou-se no seu leito como se estivesse na mais elegante mansão inglesa. Conseguia manter-se sempre limpo, barbeado, os trajes impecáveis; nem parecia estar metido numa aventura no coração da África, rodeado de feras, sob um calor escaldante.

Sir Curtis e eu simplesmente nos enrolamos em nossos cobertores e dormimos como estávamos.

O amanhecer nos encontrou acordados, prontos para partir. Levávamos apenas os rifles de repetição, munição abundante e cantis com chá frio. Pusemo-nos a caminho, acompanhados de Umbopa, Ventvogel e Khiva.

Pouco adiante, topamos com a larga pista deixada pelos elefantes no seu perambular noturno. Pelos cálculos de Ventvogel, seriam uns 20 ou 30, na maioria grandes machos. Realmente, depois de algumas horas, vimos os animais, que haviam se afastado bastante durante a noite.

Certifiquei-me de que o vento soprava a nosso favor, pois, se eles pudessem nos farejar, fugiriam antes que fizéssemos o primeiro disparo; e então nos aproximamos em silêncio, quase rastejando. Já à distância de tiro, apontei três belos espécimes.

– Sir Henry, atire no da esquerda. Eu fico com o do meio. O da direita é do Capitão Good.

A um sinal meu, os disparos soaram ao mesmo tempo. Só o elefante visado pelo Capitão Good não caiu morto. Grande, enorme, girou sobre as patas e desabalou em direção ao nosso acampamento. O resto da manada debandou em sentido contrário.

Por um instante, ficamos indecisos entre perseguir o elefante ferido ou os animais fugitivos. Decidimos, por fim, continuar no encalço destes últimos.

Assustados, os paquidermes correram um bom trecho antes de parar para voltar a pastar. Assim, só os alcançamos novamente depois de outras tantas horas de marcha. Era impossível uma aproximação, porque se encontravam bem no meio de uma grande clareira de capim baixo. Um dos elefantes estava um pouco mais próximo, e foi nele que miramos nossas carabinas, atirando a um só tempo. O animal, com três balas nos costados, caiu sobre os joelhos. Novo estouro da manada.

Para nossa sorte, dirigiram-se a um riacho, tentando escalar a outra margem, bastante íngreme. E ali ficaram presos, à mercê dos nossos disparos. Abatemos mais cinco deles. E teríamos matado outros tantos, não tivessem eles desistido de escalar a margem e iniciado uma corrida desordenada ao longo do leito do rio.

Cansados, resolvemos parar a matança. Oito elefantes numa tarde já é uma boa caçada. Esquartejamos apenas dois deles, retirando seus corações, que nos serviriam de jantar. No dia seguinte mandaríamos até ali os carregadores para extrair o marfim.

Já perto do acampamento, deparamos com um bando de alces africanos. Como já estávamos abastecidos de carne, deixamo-los ir em paz. O Capitão Good, no entanto, quis vê-los de perto. Entregou seu rifle a Umbopa e seguiu, acompanhado apenas de Khiva. Sir Curtis e eu sentamo-nos no chão, à sombra de uma árvore, para descansar.

Gritos e um tropel fizeram com que olhássemos na direção tomada pelo Capitão Good. Lá vinham eles: o capitão, Khiva e o grande elefante ferido pela manhã. Possivelmente escondera-se no meio do mato, amargando dor e ódio; assim que percebeu a aproximação dos homens, lançou-se sobre eles. Corremos em socorro dos amigos. Mas todos, homens e elefante, corriam em nossa direção. Impossível atirar no animal sem o risco de atingir um dos nossos amigos. Para piorar as coisas, o capitão escorregou naquelas malditas botas lustrosas, que não quisera trocar por mocassins de couro cru, tropeçou e caiu. Khiva, o fiel servo, voltou e enfrentou o elefante, atirando-lhe uma lança. A fera desviou a atenção para o novo alvo, investiu sobre Khiva, alcançou-o em segundos, prendeu o coitado com a forte tromba e pisoteou seu corpo, partindo-o em dois. Só então conseguimos abater o grande animal com sucessivos disparos. Triste cena. Mesmo tendo vivido algumas décadas na África, nunca uma coisa tocou-me tão fundo o coração.

Mais triste e pesaroso encontrava-se o capitão:

– Ele morreu para me salvar... Pobre e bom Khiva...
– lamuriava-se.

Umbopa permanecia em pé, digno e calado, ao lado do que sobrara de Khiva. Por fim, falou:

– Ele morreu... mas morreu como um homem!

5

O deserto

Foram necessários dois dias para serrar o marfim dos nove elefantes mortos e enterrá-los ao pé de uma grande árvore. Se conseguíssemos retomar, esse seria um sinal de fácil identificação. E valeria a pena recuperar aquele tesouro: cada uma das presas pesava mais de 20 quilos; as do grande elefante passavam de 80.

Khiva foi enterrado ao pé da colina, ao lado de sua lança, pois, segundo a crença da sua gente, precisaria dela para defender-se em sua longa viagem rumo ao grande campo de caça.

Na manhã do terceiro dia, reiniciamos a caminhada, que nos levou até a aldeia de Sitanda, nas margens do Rio Lukanga: esse era o nosso verdadeiro ponto de partida.

Acampamos perto de um riacho, por trás do qual se elevava a mesma colina de onde vira, havia 20 anos, o pobre Silvestre arrastando-se, quase morto, de volta de sua frustrada expedição para alcançar as minas do Rei Salomão. Para além da colina, estendia-se o deserto – quilômetros de planura escaldante e estorricada.

Anoitecia quando acabamos de nos instalar. Chamei Sir Curtis e dirigimo-nos para a colina. Apontei a grande muralha natural ao longe.

– Aquelas são as montanhas de Soliman.

– Meu irmão deve estar lá... ou além...

Num dado instante, percebi que não estávamos sozinhos. Virei-me e dei com Umbopa, às nossas costas, quieto, o olhar fixo, mirando as grandes montanhas.

– É para lá que seus passos o levam, Incubu? – perguntou Umbopa, chamando Sir Henry pelo nome com que era conhecido entre os nativos, e que significava *elefante*.

Dar apelidos aos brancos é comum na África; mas, daí a dirigir-se diretamente às pessoas pela alcunha, é bem diferente. É um procedimento até aceitável em relação a mim, um caçador que convive diariamente com os nativos. Mas sempre representou falta de respeito em relação a pessoas da posição de Sir Henry. Por isso, irritei-me com Umbopa:

– Isso é linguagem para tratar seu amo? – repreendi-o. – Não é essa a maneira correta para falar com seu patrão!

– Que sabe o senhor sobre mim? Por que não posso ser igual ao senhor que sirvo? Ele é nobre, sem dúvida; percebe-se pelo seu tamanho e olhar. Por isso mesmo, eu também posso sê-lo. Transmita minhas palavras ao meu amo, pois tenho mais a lhes dizer.

Bem que tentei continuar a repreensão. Mas Umbopa tinha a impressionante capacidade de desconcertar-me, tanto com seus modos como com suas palavras. Assim, traduzi a Sir Henry o nosso diálogo, manifestando minha indignação. Mas ele não deixou o episódio ir além, respondendo ao nativo por meu intermédio:

– Sim, Umbopa. É para lá que me dirijo.

– O deserto é grande e sem água. As montanhas são altas e frias. E ainda assim quer ir? Por quê?

– Quero encontrar meu irmão, que para lá seguiu.

– Somos parecidos em muitas coisas – pôs-se a divagar Umbopa. – Talvez também eu esteja indo procurar algum irmão... do outro lado das montanhas.

O receio novamente me fez alerta.

– Que quer dizer com essas palavras? – perguntei a Umbopa. – Que sabe você sobre as montanhas?

– Pouco, muito pouco... Sei que para além existe um país estranho, de magia e beleza; uma terra de homens valentes, de rios, de árvores e com uma grande estrada calçada, toda branca. Disseram-me isso. Mas, para que falar? Os que viverem verão essa terra...

Meu olhar, fixo no rosto de Umbopa, sem dúvida expressava minha desconfiança – ele parecia saber demais. E ele, interpretando a expressão do meu rosto, procurou me tranquilizar:

– Não precisa temer nada de mim, Macumazahn. Não lhe preparo nenhuma cilada. Se conseguirmos atravessar essas montanhas, dir-lhe-ei tudo o que sei. Mas a morte espera sentada nos picos da serra. Mais prudente seria regressar para os seus elefantes. Por ora, é só o que tenho a dizer...

Umbopa retirou-se sem mais palavras.

– Um homem estranho – comentou Sir Henry.

– Estranho demais para o meu gosto – concluí.

Impossível atravessar o deserto com todos os nossos pertences, mesmo considerando que muita coisa já havia sido deixada na carreta. Assim, resolvemos levar apenas três rifles duplos, duas Winchesters de repetição, três revólveres, 400 cartuchos de munição, cinco grandes cantis, cinco cobertores, um mínimo de remédios, 12 quilos de carne seca, a roupa do corpo e algumas quinquilharias – as quais poderíamos eventualmente ofertar aos nativos que encontrássemos. Pouca coisa, sem dúvida. Mas não me atrevia a levar mais peso, imaginando as agruras da caminhada pelo deserto, com o sol ardendo nas costas. O restante das nossas coisas foi confiado à guarda de um velho nativo, não sem antes ameaçá-lo com o que poderia lhe acontecer se, de regresso, não encontrássemos tudo em perfeita ordem.

Na noite seguinte, quando a lua surgiu, às nove horas, penetramos no deserto. Em troca de facas de caça e cortes de fazenda, conseguira convencer três nativos manicas a nos acompanhar ao longo dos primeiros 30 quilômetros, carregando grandes bolsas de água. Tinha em mente caminhar sempre à noite, fugindo do calor do sol, e ainda renovar o estoque de água dos cantis ao final da primeira noite de marcha.

Pela manhã, encontramos uma pequena elevação rochosa. Abrigamo-nos debaixo de uma lasca de pedra, que nos serviu de improvisado telhado, para escapar dos raios do sol. Às quatro da tarde, fartamo-nos de água, enchemos os cantis, dispensamos os carregadores e reiniciamos a jornada.

O novo amanhecer encontrou-nos num grande descampado, sem qualquer abrigo. Antes das sete horas já não aguentávamos mais o ardume do sol; experimentávamos a exata sensação que se pode atribuir a um bife numa grelha. Além disso, um enxame de moscas nos cobria, completando a tortura. Sem outra saída, ponderamos a sugestão do Capitão Good:

— Por que não cavamos um buraco e nos enfiamos dentro, cobrindo-nos com mato seco?

Foi o que fizemos. Só Ventvogel, que parecia não sentir o calor do sol, como todos os hotentotes, ficou de fora. Nós quatro passamos o dia dentro do buraco, imóveis, suando, a garganta seca, assando lentamente.

Não conseguimos suportar passivamente a espera de um novo anoitecer. Pelo meio da tarde resolvemos reiniciar a caminhada. Nossa situação era dramática. Pelos nossos cálculos, faltavam talvez menos de 20 quilômetros até o poço assinalado no mapa do fidalgo português. Mas vencê-los, a passos trôpegos, levou a noite inteira.

E a água já terminara. Se não encontrássemos uma fonte, estaríamos mortos antes do final do dia seguinte...

Pela madrugada, chegamos a uma pequena elevação, talvez de uns 30 metros, como se fosse um enorme formigueiro. Se o mapa estivesse certo, a água não poderia estar longe. Mas quem nos garantia isso? Como confiar na lucidez do português ao fazer o mapa, já à beira da morte? E se o poço tivesse secado? Ou se areias movediças o tivessem coberto? Afinal, quase 300 anos separavam-nos da tragédia de José da Silvestra.

Deixamo-nos ficar por ali mesmo, porque não havia mais força humana capaz de nos levar adiante. E porque, se existisse mesmo o tal poço, só o encontraríamos à luz do dia.

Assim que o sol surgiu, por alguns minutos esquecemos a sede e nossa triste situação. Ao longe, divisamos os dois picos que o português batizara de Seios de Sabá. Lá estavam eles, no alto da cordilheira, recortados nitidamente contra o azul do céu, cobertos de neve. A visão durou pouco. Logo depois, denso nevoeiro voltou a cobrir os picos, ocultando-os aos nossos olhos...

Tão logo voltamos à realidade, alongamos o olhar em todas as direções, em vão. Nem sinal de água. O desânimo e a quase certeza da morte próxima tomavam, lentamente, conta de todos. De repente, Ventvogel pareceu descobrir algo. Abaixou-se, o rosto perto do solo, e saiu caminhando curvado.

– Que foi? – perguntei-lhe.

– Pegadas de veado. E eles não andam longe de água.

Por breves instantes, nossas esperanças se reacenderam. Mas, ao final de outra hora, nada tínhamos encontrado.

– No alto da colina! – lembrou Sir Curtis. – Ainda não procuramos lá!...

– Ora, onde já se viu água no cume de um morro? – retrucou o Capitão Good.

– Sim! – confirmei o raciocínio de Sir Henry. – No alto do morro! O português não sabia da água. Se a encontrou é porque foi levado a ela por algum acidente do terreno que lhe chamou a atenção...

Umbopa já corria à nossa frente. E logo gritava:

– Água, água!...

Estávamos salvos. Chamar aquilo de poço era evidente exagero, pois não passava de uma poça de água suja, lamacenta. Mas fartamo-nos de bebê-la. Satisfeitos, molhamo-nos por inteiro, refrescando a pele ressecada. Permanecemos ao seu redor o dia todo. Já à noite, voltamos a completar os cantis e reiniciamos a caminhada.

O amanhecer do dia seguinte encontrou-nos quilômetros adiante. Refeitos da sede e do cansaço, havíamos conseguido percorrer aproximadamente 50 quilômetros. Dentro de mais uma noite, sem dúvida, alcançaríamos os pés das montanhas de Soliman.

6

Os Seios de Sabá

Ao contrário do esperado, ao chegarmos no sopé das montanhas de Soliman, não encontramos nenhuma vertente de água. Só lá no alto – estávamos exatamente abaixo do "seio" esquerdo de Sabá – uma linha branca demarcava a neve.

Iniciamos a subida ao platô onde os montes se erguiam, por um terreno que consistia em um grande leito de lava. O solo tórrido e cheio de arestas machucava terrivelmente nossos pés. Na metade da manhã, não conseguíamos mais do que nos arrastar sedentos, esfomeados, cansados. Umbopa, que seguia alguns metros à frente, encontrou então uma grande quantidade de melões, que saciaram nossa sede e apenas enganaram nossa fome, que logo voltou a se fazer sentir. Mas a sorte não nos tinha abandonado: ainda antes do meio-dia, abati um grande pato selvagem que passou voando sobre nós. Foi devorado inteiro, apenas sapecado no fogo fraco de galhos secos dos pés de melão.

Os dias seguintes foram difíceis. A cada metro que subíamos, aumentava o frio, a fome, a sede. O clima era especialmente terrível. Bem alimentados, o corpo aquecido por um bom vinho, ainda seria possível suportá-lo. Mas, debilitados como estávamos, era realmente tarefa sobre-humana escalar aquela montanha gelada. Ventvogel, que não sentia calor nem debaixo do sol mais forte, batia os dentes, num tiritar constante.

Ao final do terceiro dia, tínhamos ultrapassado a parte da montanha que une os dois "seios" de Sabá. Agora, subíamos verdadeiramente o monte esquerdo, segundo orientação do português. Também já havíamos encontrado neve para aplacar a sede, mas o frio se tornara mais intenso. A noite se aproximava e com ela o pavor de morrermos congelados ao relento, já que nenhum ser humano suportaria aquelas temperaturas baixíssimas da madrugada sem ter algum abrigo.

– Se o português estava certo – disse o Capitão Good –, a caverna deveria ficar por aqui.

– Ele estava certo... – Sir Henry tinha inteira confiança nas orientações de José da Silvestra. – Ele indicou a água; lá estava ela. Portanto, vamos encontrar a caverna.

Com efeito, logo depois Umbopa a descobria:

– Olhem, lá está.

Destacando-se do branco da neve, notamos um buraco negro. Dirigimo-nos para ele e, tão logo entramos, o sol também se pôs. No escuro, buscamos nos acomodar o melhor possível. Só havia um jeito de conseguir um pouco de calor: aproximarmos ao máximo os nossos corpos. Ventvogel e eu ficamos colados um ao outro pelas costas. Durante toda a noite, escutei seus dentes batendo de frio. De madrugada, cessou seu tiritar e o tremor do seu corpo. Em seguida, ele começou a ficar frio como gelo. Meio adormecido, empurrei-o para o lado. Voltou a rolar sobre mim. Descobrimos então que o pobre hotentote não resistira ao frio. Estava morto.

As surpresas não tinham terminado. Graças à claridade da manhã, pudemos ver o interior da caverna. No fundo dela havia outro cadáver. Sir Henry aproximou-se, preocupado, receando encontrar o corpo do irmão. Mas não era ele. Quem seria?

– Tenho um palpite – disse Sir Curtis. – É José da Silvestra, o fidalgo português.

– Impossível – discordou o Capitão Good. – Ele morreu há quase 300 anos.

– Não, não é impossível. O frio daqui pode conservar um corpo por muito mais tempo. O sol nunca entra nesta caverna...

Realmente, o cadáver era de José da Silvestra. No pescoço, ainda mantinha pendurado um crucifixo de ouro muito antigo. E, a seu lado, encontrava-se o pedaço de osso que utilizara para desenhar o mapa e escrever o bilhete ao seu rei.

Antes de deixarmos a caverna, acomodamos o corpo de Ventvogel ao lado do outro. José da Silvestra tinha, agora, um companheiro talvez para toda a eternidade.

Saímos da caverna para os raios do sol. Cerca de dois quilômetros depois, chegamos ao final do platô sobre o qual se apoiava o "seio" esquerdo de Sabá. E vimos então o outro lado da montanha de Soliman que estávamos procurando. Na verdade, pouco se via, porque um denso nevoeiro cobria toda a sua base. Mas, aos nossos pés, a paisagem era bem diferente daquela que até então atravessáramos: pequenos regatos, mato verde e, mais adiante, um grupo de veados.

– Carne!... – murmuramos todos, quase ao mesmo tempo.

Senti a direção do vento: estava contra nós. Se tentássemos uma aproximação, os animais perceberiam nosso cheiro e disparariam a correr. Decidimos então atirar dali mesmo, todos juntos, bem no local onde eles se concentravam, na esperança de abater pelo menos um. Desfeita a fumaça dos tiros, vimos um animal debatendo-se no chão, mortalmente atingido. Corremos aos trambolhões pela encosta nevada. Dali a instantes, o animal estava limpo e esquartejado. Mas, sem lenha, como assar a carne?

– Quem está morrendo de fome não pode fazer exigências – atalhou o Capitão Good.

Comemos a carne crua, achando-a deliciosa. Lentamente, a vida voltava aos nossos corpos. Já sentíamos o sangue pulsar nas veias, a fadiga diminuindo, os membros reagindo ao calor do sol e esquentando-se também... Apesar da nossa fome, o alimento era tão abundante que pudemos guardar parte dele.

Absortos na nossa refeição, não tínhamos percebido que a névoa se desfizera. Sir Henry foi o primeiro a extasiar-se:

– Meus Deus, que coisa bonita!...

Pelo menos 1500 metros abaixo de nós, estendia-se uma grande planície recortada de rios, coberta de campos verdes, de plantações, de árvores frutíferas. Um verdadeiro paraíso.

7

A terra dos kakuanas

Ainda contemplávamos o maravilhoso panorama quando Sir Henry nos chamou a atenção para outro detalhe:

– O mapa do português não indicava uma estrada, a Calçada de Salomão? Pois lá está ela, à direita...

Nada mais nos espantava, nem mesmo a grandiosidade dessa obra. Assim, pusemo-nos logo a caminho, buscando alcançá-la o quanto antes. Uns dois quilômetros depois, pusemos os pés na Calçada de Salomão. Intrigados, buscávamos explicação para o fato de ela começar abruptamente e terminar no meio da montanha.

– Acredito ter a resposta – afirmou o capitão. – No passado, esta estrada devia cruzar as montanhas, talvez até mesmo o deserto. Com certeza, alguma erupção vulcânica destruiu essa parte, cobrindo-a de lavas. E o trecho que atravessava o deserto sumiu debaixo da areia...

– É bem possível – concordou Sir Henry. – E esta estrada, apesar de levar o nome de Salomão, com certeza foi construída pelos egípcios. Olhem aqueles arcos que transpõem o rio, formando uma ponte, e aqueles desenhos ao lado do muro. Já vi iguais no Egito...

Caminhar por essa estrada era realmente agradável, especialmente depois de subir e descer por terrenos cobertos de lava e por picadas íngremes. A cada instante e a cada metro vencido a temperatura se tornava mais agradável. Logo chegamos a uma região cheia de árvores, às margens de um regato.

– Ah! Aqui há bastante lenha! – exclamou o Capitão Good. – Já estou novamente com fome. E bem que gostaria agora de comer o resto do veado, desta vez assado em bom fogo.

Depois de um suculento almoço, resolvemos sestear para renovar as forças. O Capitão Good, ao contrário, aproveitou essa oportunidade para tentar se recompor. Foi até a beira do regato, descalçou as botas, desvestiu as roupas e iniciou um ritual completo para recuperar a antiga aparência. Banhou-se longamente. Dobrou as calças cuidadosamente, colocando sobre elas um peso para eliminar as muitas dobras que haviam adquirido. Lustrou as botas com o sebo do veado, dando-lhes um certo ar de novas, calçando-as em seguida. Tirou a dentadura da boca, lavando-a com cuidado na água corrente. Por fim, com a ajuda de uma navalha, e mirando-se num pequeno espelho, pôs-se a escanhoar, com grande dificuldade, a barba de dez dias. Raspou o lado esquerdo do rosto. Preparava-se para fazer o mesmo na outra face quando um dardo passou sibilando sobre sua cabeça, cravando-se no tronco onde pendurara o pequeno espelho.

A 20 passos de onde estava, vi um grupo de homens. Um rapaz de talvez 17 anos ainda mantinha o braço esticado: não havia dúvidas que fora ele a lançar o dardo. Um senhor mais idoso dirigiu-lhe algumas palavras que não entendi, mas desconfiei serem de repreensão. Eram todos altos, mais altos que a grande maioria de nativos da África, e tinham a pele cor de cobre.

Sir Henry, Umbopa e eu agarramos nossas espingardas e rifles, apontando diretamente em sua direção. Mas eles continuaram avançando, sem medo. Logo entendi que nunca tinham visto armas de fogo. Enquanto pedia aos companheiros para baixar as armas, dirigi-me aos recém-chegados:

– Bem-vindos.

Falei em zulu, sem saber que idioma usar, e eles entenderam minhas palavras: o mesmo homem que repreendera o jovem respondeu-me numa língua muito parecida, perfeitamente inteligível:

– Bem-vindos. Quem são vocês? E por que três têm o rosto branco e o outro tem a pele e as feições como a nossa?

– Somos estrangeiros e viemos de muito longe. E esse homem é nosso criado.

– Você mente – retrucou. – Nenhum estrangeiro pode cruzar as montanhas. Mas pouco importa. Devem morrer, porque não são permitidos estranhos na terra dos kakuanas.

Já avançavam sobre nós, ameaçando retalhar-nos com grandes facas, quando pararam, tomados de pavor, olhando para o Capitão Good.

– Que foi? – perguntei-lhe.

– Minha dentadura caiu – respondeu o capitão.

– Pois então faça mais alguns milagres com ela, que isso os assustou muito.

E Good repetiu o espetáculo mais algumas vezes: disfarçadamente, levava as mãos ao rosto, colocando a dentadura e sorrindo em seguida; depois, sempre discretamente, voltava a tirá-la, exibindo as gengivas vermelhas. Os nativos ficaram em pânico.

– Perdoem, senhores... – suplicou o velho. – Agora sabemos que são espíritos. Porque ninguém nascido de mulher tem olho de vidro (ele se referia ao monóculo de Good) e pode fazer feitiços com os próprios dentes, fazendo-os sumir e voltar a crescer.

Aqueles mesmos que há poucos instantes preparavam-se para nos matar agora nos reverenciavam, ajoelhados e atemorizados. Nada estranho, partindo de gente que jamais tinha tido contato com europeus da nossa época, em tudo diferentes deles. Aproveitei aquele instante mágico para incutir-lhes definitivamente pavor e respeito.

– Estão perdoados. Não vou esconder-lhes a verdade: realmente, apesar da aparência de homens, somos espíritos vindos das estrelas. Por isso, cuidado! Querem mais uma prova? – desafiei, vendo, atrás dos homens ajoelhados, um veado aproximar-se e subir no alto de uma pequena colina: – Acreditam que algum homem nascido de mulher é capaz de matar a distância, apenas com o ruído de um trovão?

– Oh, não, senhor... – murmurou o velho.

– Então olhem para aquele veado.

Apontei com precisão, derrubando-o com um tiro certeiro.

– Se estão com fome, podem ir buscá-lo e comê-lo. Se ainda duvidam, tomem o lugar do veado e morrerão do mesmo modo.

– Não, senhor!... O que meus olhos viram é prova suficiente... Nenhum dos feitiços do meu povo é tão poderoso como o seu... Escutem-me, filho das estrelas, espírito de olho brilhante e dentes mágicos e espírito que mata com trovão: eu sou Infadus, filho de Kafa, antigo rei dos kakuanas. E este é Scragga, filho do grande rei Tuala, soberano dos kakuanas...

– Muito bem – cortei-lhe a fala. – Leve-nos então ao seu rei Tuala, porque não tratamos com subalternos.

– Mas são três dias de caminhada...

– Caminharemos – respondi, dando a questão por encerrada. – E, mais uma vez, cuidado!...

Levantaram-se todos, rapidamente, e pegaram nossas mochilas e pertences, exceto as espingardas, que evitavam com pavor. Carregaram inclusive as calças do Capitão Good, que reclamou:

– Minhas roupas não!

– Lamento, capitão... – disse-lhe. – Eles o viram assim e acreditam que seja um espírito inclusive por sua aparência esquisita aos olhos deles. Enquanto permanecermos aqui, é preciso que continue vestido desse jeito.

Inconformado, o Capitão Good saiu andando só de botas, camisa desfraldada ao vento, pernas brancas à mostra, apenas metade do rosto escanhoado e o inseparável monóculo.

Infadus revelou-se logo pessoa afável e cordial. Caminhando a nosso lado, respondia a todas as nossas perguntas.

– Os kakuanas vivem aqui há muito tempo?

– Há muito, muito tempo. Nossos antepassados vieram do norte, num tempo que já vai longe. Nem mesmo Gagula, que conheceu os avós dos nossos avós, sabe dizer ao certo... Não conseguiram transpor as montanhas e ficaram por aqui, onde a terra é fértil e o pasto abundante. Hoje somos um grande povo, com muitos guerreiros, mais de 100 mil...

– E por que tantos guerreiros?

– Vez por outra, vindas do norte, outras tribos nos atacavam. Por isso precisamos nos fortificar. Ultimamente não têm havido guerras; a mais recente foi há uns 30 anos. Mas esta foi entre nosso povo, irmãos contra irmãos.

– Como foi isso?

– Meu pai, Kafa, o antigo rei dos kakuanas, teve dois filhos gêmeos, nascidos da esposa preferida. Eu sou filho de outra mulher, por isso não tenho direito ao trono. Acontece que, segundo a tradição dos kakuanas, quando nascem dois herdeiros gêmeos, o que nasceu por último deve ser sacrificado. Assim, Imotu, o primeiro, herdaria o trono e o segundo, Tuala, seria morto. Ocorre que a mulher de Kafa ficou com pena de Tuala. Ajudada por Gagula, uma velha feiticeira, escondeu o filho e salvou-o da morte. O menino foi mantido afastado por anos, educado por Gagula. Kafa morreu quando Imotu ainda era muito jovem, passando este a ocupar o trono. O novo rei logo se casou e não tardou a ter um filho, que se chamou Ignosi. Foi por essa época que aconteceu a última guerra contra os invasores vindos do norte. Vencemos a guerra, mas os tempos seguintes foram difíceis, com pouca comida e muita fome. Imotu caiu doente. A velha Gagula, aproveitando-se do descontentamento e da miséria geral, trouxe para a aldeia o gêmeo do rei, Tuala, e o apresentou à tribo, dizendo ser aquele o verdadeiro rei. Para comprovar suas afirmações, retirou a faixa que o pretendente ao trono usava na cintura e mostrou a todos a marca real, feita no futuro herdeiro logo após o nascimento: uma serpente tatuada ao redor do corpo, a cabeça e a cauda juntando-se perto do umbigo. Disse mais: que todo o povo passava fome como castigo pelo fato de o verdadeiro rei não estar no poder. A população sofrida acatou as explicações e aclamou Tuala seu novo soberano. Imotu, do seu leito, escutou o alarido e saiu da sua cabana para ver o que acontecia. Tuala, vendo o irmão, correu a seu encontro e matou-o com uma facada certeira. O povo dividiu-se: alguns reagiram ao golpe arquitetado pela velha Gagula e por Tuala; a grande maioria seguiu o novo rei. Ao presenciar a desgraça, a mulher de Imotu agarrou seu filho Ignosi e fugiu imediatamente. Dizem ter ido em direção às montanhas, mas nunca mais ninguém a viu. E, desde então, Tuala é o nosso rei.

— Quer dizer que, se Ignosi fosse vivo, ele seria o verdadeiro rei?

— É isso. E teria a serpente sagrada ao redor da sua cintura. Mas, certamente, ele e a mãe morreram há muito tempo...

Sem que eu percebesse, Umbopa aproximara-se silenciosamente, acompanhando com extrema atenção o relato de Infadus. Quando o fitei, seus olhos brilhavam de forma incomum. Era quase noite e nos aproximávamos de uma grande aldeia. À entrada, perfilados, milhares de guerreiros nos saudavam.

– Nada temam – tranquilizou-nos Infadus. – Mandei mensageiros à nossa frente para avisar da chegada de tão poderosos espíritos. Estes homens fazem parte do meu regimento. São os mais valentes do reino.

Calculo que fossem mais de três mil guerreiros, verdadeiramente formidáveis: altos, fortes, todos aparentando entre 30 e 40 anos, de rostos nobres. Na cabeça ostentavam cocares de grandes e pesadas penas pretas; na cintura e abaixo do joelho direito usavam faixas das quais pendiam rabos de bois brancos. No braço esquerdo tinham escudos redondos de ferro, recobertos de couro; presas aos escudos, duas facas recurvas. Mais uma faca ia atada ao cinto. E, na mão direita, grandes e pesadas lanças. Alguns traziam, penduradas aos ombros, peles de leopardo – eram os mais altos oficiais.

Passamos aquela noite na aldeia de Infadus. Era uma grande aldeia, de ruas bem traçadas, habitações espaçosas e confortáveis, comida farta.

8

O terrível rei Tuala

Dois dias depois, chegávamos junto com o anoitecer a Lu, cidade real dos kakuanas. Ao longo do percurso, cruzáramos com vários batalhões que se dirigiam para o mesmo local.

– É tempo da *caça aos bruxos* – explicou-nos Infadus.

– É a grande festa anual dos kakuanas. Todos os exércitos reúnem-se em Lu.

Do alto de uma colina, avistamos a cidade. Ela era grande, para os padrões africanos, e toda cercada por uma paliçada. Mais ao longe erguiam-se três montes com os topos cobertos de neve.

– A estrada termina ali – continuou o velho guerreiro. – Aquelas montanhas são chamadas de As Três Feiticeiras. É lá que são enterrados os membros da família real. E também era lá que os homens vindos do norte, Gagula é quem diz, buscavam certas coisas...

– Que coisas eles buscavam? – perguntei, sem conter minha curiosidade.

– Não sei. Mas os meus senhores, que vêm das estrelas, devem saber – respondeu-me com um rápido olhar de soslaio. Evidentemente, ele preferia não me contar toda a história.

– Você tem razão. Sabemos, por exemplo, que os homens que vinham do norte procuravam pedras brilhantes e metal amarelo – arrisquei.

– O senhor é sábio – respondeu friamente. – Mas pensei que só tratasse desses assuntos com reis. Portanto, fale com Tuala ou com Gagula, que tem tanto poder quanto ele.

E, virando-me as costas, afastou-se.

Apontei as montanhas para os meus companheiros, falando em inglês:

– É lá que se encontram as minas do Rei Salomão...

Em Lu, haviam reservado uma cabana para cada um de nós. Entretanto, por precaução, preferimos passar a noite juntos. Dissemos a Infadus que era nosso costume dormir na mesma cabana; assim, instalaram-nos na maior delas. Na manhã seguinte, depois de um banho restaurador, fomos levados à presença de Tuala.

Num enorme pátio de terra batida, de forma circular, indicaram-nos três assentos perto de uma grande moradia, que logo adivinhamos ser a residência real. Umbopa ficou atrás de nós, em pé. Milhares de guerreiros perfilavam-se em formação militar.

O rei surgiu acompanhado de Scragga e de uma estranha criatura, coberta de peles, baixa, hedionda, que imaginei ser um velho macaco, pela aparência e pelo andar desajeitado.

Tuala deixou-se cair numa cadeira com braços e encosto, Scragga posicionou-se às suas costas e a figura simiesca jogou-se aos seus pés. Também Tuala era simplesmente horrível: grande, gordo, suas feições deformadas exibiam apenas um olho – no lugar do outro, havia um fundo buraco negro: no pescoço trazia uma corrente de ouro; na cabeça, um cocar de penas e, incrustado nele, um enorme diamante. Cobriam-lhe o corpo um colete de malha metálica e os habituais rabos de bois brancos na cintura e no joelho direito.

O soberano ergueu a lança que lhe servia de cetro e foi imitado por todos os membros do seu exército, que complementaram a saudação com gritos:

– Viva o rei!

Tuala ergueu as mãos, pedindo silêncio. No mesmo instante, ouviu-se um barulho de ferro retinindo no chão duro.

Um dos soldados deixara cair seu escudo. Tuala apontou-lhe o dedo:

– Você, cão, venha cá!

O pobre soldado adiantou-se, com desculpas:

– Foi sem querer, meu rei...

– Pois sem querer vai morrer – sentenciou Tuala, inclemente. – Quer me expor ao ridículo, na frente destes estranhos? Scragga, mostre-lhe sua pontaria.

Um riso de deboche, de prazer sádico e doentio, armou-se nos lábios do rapaz. Não esperou segunda ordem para executar o que lhe fora pedido. Adiantou-se e arremessou a lança. Sir Henry pegou a espingarda e quis levantar-se para intervir. Segurei-o pelo braço; nada havia a fazer. Seríamos quatro contra milhares deles, e nossa vida dependia do que pudesse acontecer nos momentos seguintes. O pobre soldado caiu morto, varado pela lança de Scragga. A um sinal de Tuala, outros guerreiros saíram de formação para levar dali o corpo sem vida. Imediatamente, detrás da cabana real, apareceu uma rapariga com uma vasilha de cal, espalhando o pó sobre o sangue que cobria a terra.

Tuala não tinha nenhuma vontade de se mostrar cordial. Esqueceu até mesmo de nos dar boas-vindas, costume em todas as regiões africanas; em vez de fazê-lo, perguntou-nos, de modo frio e áspero:

– Gente branca, de onde vêm vocês? E quem são?

– Somos espíritos vindos das estrelas – respondi-lhe.

– E viemos em paz. Mas não pergunte mais, porque não entenderia...

– Palavras arrogantes, as suas... – O rei franziu a testa, de modo ameaçador. – Não esqueçam que as estrelas estão longe e a minha vontade, muito perto. Podem sair daqui como o cão que Scragga matou!

– Cuidado com suas palavras, Tuala! – Sabia não poder, em nenhum instante, mostrar temor, se quisesse garantir a continuidade das nossas vidas. – Não lhe disseram do que somos capazes? Matamos a distância, apenas com o barulho do trovão.

– Contaram, mas não acredito. Matem um dos meus homens como prova.

– Não costumamos derramar sangue humano sem necessidade. Peça que tragam um boi.

– Não. Só acredito se conseguirem matar um homem – insistiu Tuala.

– Muito bem – arrisquei eu –, por que não se adianta até o meio do pátio? Ou, se preferir, mande seu filho...

– Não!... – berrou Scragga, fugindo para o interior da cabana.

O rei, vendo o medo do filho, deu-se por vencido.

– Tragam um novilho – ordenou.

Mal passara do portão, o animal foi fulminado pelo tiro disparado por Sir Henry. Sem deixar que o rei se refizesse do espanto, mirei uma lança fincada no meio do pátio, estilhaçando sua ponta.

– Acredite agora, Tuala – reafirmei. – Viemos em paz. Mas, se encostar um só dos seus dedos em nós, é este o fim que o aguarda...

Aquilo que julguei ser um velho macaco, acocorado no chão aos pés de Tuala, levantou-se, caminhando de início sobre as quatro patas, e finalmente pôs-se em pé. Jogou fora as peles, inclusive uma que tapava seu rosto, e reconhecemos então uma mulher, apesar de hedionda. Velha, com certeza muito velha, a pele totalmente enrugada, parecia um corpo seco ao sol, exceto pelos flamejantes olhos negros. Pequena, do tamanho de uma criança, andava curvada como os macacos. Suas mãos eram encarquilhadas e seus dedos, recurvados, terminavam em longas unhas pretas. O crânio era pequeno, não maior do que o de um recém-nascido, e inteiramente calvo. Fez-nos ouvir sua voz esganiçada enquanto avançava em nossa direção.

– Homens brancos, que vieram fazer aqui? Vieram trazer a desgraça... Cheiro sangue... muito sangue... Traição e morte... Vieram procurar alguém da sua raça? Não há nenhum aqui... Só um, que aqui apareceu há muito tempo, mas que morreu depois de ver o tesouro... Vieram para morrer também?...

Andava à nossa volta, farejando-nos como um cachorro de caça. Aproximou-se de Umbopa:

– E você? Ah, parece que o reconheço!... É você mesmo? Eu o conheço pelo cheiro do sangue que tem nas veias. Desaperta o cinto, vamos!...

A velha, que já tremia inteira desde que se aproximara de Umbopa, entrou em transe e caiu desmaiada no chão. Um grupo de mulheres correu em seu socorro, levando-a para a cabana real.

– Gagula adivinha desgraças – ameaçou Tuala. – Parece que devo matá-los...

– Já viu do que somos capazes. Arrisque-se, portanto... – respondi no mesmo tom.

Tuala deu-se, pelo menos temporariamente, por vencido:

– Muito bem. Vão em paz. Esta noite começam as festas anuais. São meus convidados. Amanhã decidirei o seu destino...

9
Ignosi, o verdadeiro rei

Infadus acompanhou-nos de volta à nossa cabana. Convidei-o a entrar, pois queria comentar os acontecimentos.

– Esse seu rei é um monstro, Infadus!

– Sei disso. Toda a nação treme de horror e medo. Ainda não viram nada. Hoje à noite, na festa, a velha Gagula soltará suas *farejadoras*: são ajudantes da feiticeira que saem entre os guerreiros farejando e apontando aqueles que dizem ser traidores ou bruxos. Basta o rei cobiçar as terras ou o gado de alguém para ele ser indicado como inimigo e executado. Ou ainda, basta cair no desagrado de Tuala ou Gagula para ter essa mesma sorte... Até agora eu fui poupado, talvez por ser respeitado e querido pelos guerreiros. Mas não sei até quando...

– E por que não o depõem? – perguntei.

– Porque ele é o rei. E porque Scragga, seu sucessor, é ainda pior. Os senhores não têm ideia da maldade que vai no coração desse jovem... Se Imotu não tivesse sido morto, ou se Ignosi ainda estivesse vivo...

Do fundo da choça, uma voz veio das sombras. Era Umbopa:

– E quem lhe disse que Ignosi está morto?

Infadus indignou-se com a interrupção do servo e respondeu-lhe bruscamente:

– Que quer dizer com isso, rapaz? Quem lhe deu licença para falar?

Umbopa adiantou-se e, dali em diante, passou a atrair para si todas as atenções, como um poderoso ímã.

– Escute, Infadus: não é verdade que Imotu foi morto e que na mesma noite sua mulher fugiu com o filho no colo?

Infadus fez menção de responder, mas Umbopa continuou:

– Escute ainda. Nem a mãe nem o filho morreram. Subiram as montanhas, atravessaram o deserto e foram recolhidos por uma tribo de zulus. Dirigiram-se para o sul. O menino cresceu, a mãe ficou velha e morreu. O menino, agora homem feito, foi até a terra dos brancos, conviveu com eles e aprendeu muitas coisas. Ao saber que alguns fortes e corajosos homens brancos vinham para o norte, entrou a seu serviço. Atravessou novamente as areias quentes, escalou as montanhas, voltou a pisar a terra da sua gente, os kakuanas, e agora está na sua frente, Infadus...

Arrancando o pano que lhe cobria o ventre, ficou nu e finalizou:

– Sou Ignosi, o legítimo rei dos kakuanas!

Infadus precipitou-se em sua direção. Aproximou os olhos da linha da cintura de Umbopa, para ver melhor a tatuagem que o envolvia: uma serpente, rabo e cabeça unidos, perto do umbigo. Não havia dúvida possível – era a marca real. Ajoelhou-se, respeitoso:

– É Ignosi, filho de Imotu, o rei dos kakuanas!

– Não foi o que eu lhe disse, meu tio? Erga-se; ainda não sou rei... Mas talvez, com sua ajuda, isso se torne possível. Quer correr os riscos ao meu lado?

– Quando você era pequeno, muitas vezes o sentei em meus joelhos. Agora, pode contar com meu braço e minha lança, até a morte...

Umbopa dirigiu-se, então, para nós:

– E vocês? Posso contar também com esses braços fortes e valentes? E com suas armas que trovejam? Que lhes posso oferecer? As pedras que brilham? Se vencermos, prometo-lhes tantas quantas forem capazes de carregar...

Traduzi a proposta para meus companheiros.

– Diga-lhe que ainda não conhece os ingleses – respondeu Sir Henry. – Sem dúvida, a riqueza sempre é bem-vinda, mas ainda assim não se pode comprar a lealdade de um inglês com ela. Lutarei, sim, a seu lado – porque ele foi fiel a nós, porque gosto dele e porque me agrada a ideia de acabar com esse monstro que é Tuala...

Umbopa entendeu que Sir Henry falara por si e pelo Capitão Good. Queria ainda a minha resposta.

– E você, Macumazahn? Lutará a meu lado?

53

– Lutarei, sim. E aceitarei também os diamantes, porque não sou rico como Sir Curtis. Mas o verdadeiro motivo da minha participação é que costumo ser leal com os que me são leais. E você foi um excelente companheiro e amigo... Mas ainda tem outra coisa. Como sabe, viemos até aqui à procura do irmão de Sir Curtis. Gostaria que não se esquecesse disso e nos prometesse toda a ajuda possível para encontrá-lo.

– Sem dúvida, não esquecerei.

Feita essa promessa, voltei ao momento presente:

– Muito bem – disse eu. – Umbopa ou Ignosi (já não sei como chamá-lo), é muito bom ser rei por direito de nascimento. Mas tem algum plano para reconquistar, de fato, o poder?

– Não. Não tenho nenhum plano – respondeu Umbopa. – E você, meu tio, tem alguma ideia?

Infadus pensou por alguns instantes, antes de responder:

– Esta noite, na festa, é certo que muitos morrerão. E é certo também que o ódio aumentará no coração de outros tantos. Depois da dança, falarei com alguns dos chefes guerreiros. Preciso trazê-los aqui para que vejam o sinal da sua realeza. Se eles se colocarem ao seu lado, amanhã teremos 20 mil lanças para combater Tuala. Não se engane: a guerra é certa. Gagula, Tuala e Scragga não entregarão o poder sem luta. Se sobrevivermos à festa desta noite, voltaremos a nos encontrar aqui, no silêncio da madrugada...

A conversa foi interrompida pela presença de um mensageiro de Tuala:

– Presentes de Tuala aos homens das estrelas...

Assim que o homem se foi, examinamos os presentes. Eram cotas de malha, semelhantes à usada pelo rei, magnificamente confeccionadas.

– São feitas pelos kakuanas? – perguntou Sir Henry, sempre por meu intermédio.

– Não. Nós as herdamos dos antepassados. Existem muito poucas. Não sabemos quem as fez. Realmente são excepcionais: nenhum ferro de lança consegue transpassá--las. O homem que a vestir estará com o peito e as costas protegidos contra qualquer ataque. Só a família real as usa. Se Tuala as deu de presente, deve estar muito contente ou muito atemorizado. Seria prudente vesti-las hoje à noite. Agora preciso ir. Tenho muito a fazer...

10
Feitiços e rituais macabros

Vestindo as cotas de malha, armados com os revólveres, fomos guiados por Infadus e 20 dos seus guerreiros até o grande pátio, onde já se concentravam talvez uns 20 mil homens. No céu, a lua cheia brilhava.

– Um grande exército – comentei com Infadus.

– Esta é apenas sua terça parte – respondeu o velho.

– Outro tanto permanece do lado de fora da paliçada, durante a festa, para conter possíveis revoltas. E a outra parte fica de guarda nas diversas aldeias. Ano a ano se faz um rodízio entre as tropas.

– Estão muito quietos – observou Good.

– Quando a sombra da morte os espreita, todos os homens ficam em silêncio – filosofou Infadus.

Ocupamos nossos lugares e logo vimos surgir Tuala, Gagula, Scragga e 12 homens gigantescos e de ar feroz, armados de lanças e facões.

– São os matadores – explicou-nos Infadus, antes de deixar-nos para ocupar seu posto, à frente do regimento.
– Saúdo-os, homens brancos – exclamou Tuala. Sentem-se. Agora verão um grande espetáculo. Não desperdicemos tempo.
– Comecem! Comecem! – gritava Gagula, na sua voz fina e esganiçada.

A um sinal do rei, 20 mil pés bateram no solo, que tremeu sob esse impacto. Uma voz solitária iniciou uma canção lamentosa, cujo refrão era mais ou menos o seguinte:
– "Qual é o destino de todo homem?"
A resposta ressoava da garganta de todos os soldados:
– "Morte!"
Aos poucos, o canto foi silenciando. Por entre os guerreiros, vindas do fundo da paliçada, surgiram 10 velhas. Tinham o rosto pintado com listras amarelas e brancas; os corpos eram cobertos de peles de serpente, e na cintura chocalhavam macabros saiotes feitos de ossos humanos. Empunhavam varas com a ponta terminada em forquilha. Curvaram-se ante Gagula.
– Estão prontas, discípulas? – perguntou a feiticeira.
– Vocês, que se alimentaram da minha sabedoria e beberam da minha magia, estão prontas para cumprir a justiça dos céus?
– Sim, mãe – responderam juntas.
– Então vão!

As mulheres espalharam-se entre os regimentos, farejando como sabujos em busca de caça, resmungando:
– Eu cheiro... eu cheiro... eu vejo o maldito... eu vejo quem envenenou sua mãe... eu escuto os pensamentos de quem inveja e trama contra o rei... eu farejo quem se apropriou do gado alheio...

O pavor tomava conta daqueles de quem as velhas se aproximavam. E, com certeza, a morte tomava conta de suas almas assim que uma delas lhes apontava a vara bifurcada. Sem esboçar a menor reação, o condenado deixava-se levar pelos matadores para junto do rei, onde era sacrificado a golpes de porrete, trespassado por afiadas lanças ou degolado por grandes facões.

– Mata! Mata! Mata! – deliciavam-se Tuala, Gagula e Scragga.

Um, dois, três... A soma já ultrapassara mais de 100. Incluía um chefe de destacamento, velho querido entre seus guerreiros, fato que provocou profundos lamentos entre seus homens.

A um sinal de Gagula, as velhas pararam de comandar a carnificina. Eu nunca vira nada igual: o sangue cobria a terra, formando uma grande poça escura. A um canto, amontoavam-se os cadáveres, compondo um espetáculo indescritível em seu horror.

Mas a velha feiticeira ainda não dera a festa por terminada. Agora, ela mesma corria de um lado para outro, farejando os guerreiros. De repente, desviou sua atenção daqueles homens e, numa corrida nervosa, dirigiu-se para o nosso lado. Olhou-nos e apontou para Umbopa.

– Este! – chiou. – Matem-no! Matem-no!... Antes que provoque um rio de sangue...

Levantei-me, tão logo compreendi a gravidade da situação, e dirigi-me a Tuala:

– Tuala, este homem é nosso servo, servo de seus hóspedes. Exijo, em nome das normas da hospitalidade, que o proteja!

– Gagula, a mestra das feiticeiras, o apontou. Deve morrer! – sentenciou Tuala. – Homens, prendam-no!

No instante seguinte já me encontrava ao lado de Tuala, o revólver encostado em sua cabeça. Sir Henry mantinha o chefe dos matadores sob sua mira e o Capitão Good apontava sua arma para Gagula.

– Se quer ver a luz do amanhecer, contenha esses cães raivosos – gritei. – Caso contrário, é um homem morto!

O silêncio dominou o cenário, profundo, denso. Por fim, Tuala decidiu-se:

– Muito bem... Já que invocaram a lei da hospitalidade, podem ir. E, agora, afastem esses tubos mágicos.

A festa terminara. Silenciosamente, os regimentos puseram-se em marcha, abandonando o pátio. Também nós tomamos o rumo da nossa cabana.

– Deus do céu! – exclamou Sir Henry, já dentro da choça. – Nunca em minha vida senti tanta revolta. Se tinha alguma dúvida, agora sei que precisamos mesmo ajudar Umbopa a derrubar esse tirano.

Não havia o que dizer, tão grande era nosso mal-estar. Aguardamos em silêncio a visita de Infadus, que deveria chegar a qualquer momento.

Talvez duas horas depois, o velho entrou na cabana, acompanhado de meia dúzia de chefes, todos ostentando um pesado ar marcial.

– Aqui estou, senhores. Os que me acompanham são grandes chefes e grandes guerreiros. Cada um tem três mil homens sob seu comando. E estão dispostos a ouvi-lo, Ignosi...

Ele contou-lhes então toda a sua história e mostrou-lhes o sinal da realeza.

– Que decidem? – perguntou, ao final, Infadus. – O povo chora e sofre. Os senhores mesmos escaparam da morte esta noite. Mas até quando?...

O mais velho dos chefes ponderou:

– Sua fala é correta, Infadus. Meu próprio irmão foi morto esta noite. Mas como saber que não estamos ajudando mais um impostor?

– Por acaso o sinal da serpente não é prova suficiente?– intrometi-me na conversa.

– Não, meu senhor. Ele pode ter sido gravado em qualquer tempo. Precisamos de uma prova maior. Se os senhores são amigos de Ignosi, se têm poderes, podem nos dar essa prova...

O Capitão Good veio em meu socorro:

– Acho que tenho a solução. Peça que se retirem por um instante porque precisamos confabular...

Uma vez sós, Good explicou-nos sua ideia:

– Hoje é dia quatro de junho. De manhã, registrando os acontecimentos no diário de bordo, descobri que vai ocorrer um eclipse solar, às duas da tarde, visível em toda a África. Está aí a prova... Diga-lhes que iremos apagar o Sol.

– E se o calendário estiver errado? – objetei.

– Impossível. É um calendário marítimo. Os eclipses são estudados matematicamente, sem margem de erro...

– Então é arriscar... – concordei. – Umbopa, faça entrar os chefes e Infadus.

A partir daí, valorizei cada palavra e cada gesto, num verdadeiro espetáculo teatral:

– Senhores chefes. Resolvemos lhes dar a prova que pedem. Acreditam que alguém possa apagar a luz do Sol, mergulhando a Terra em sombras?... Pois é o que nós, filhos das estrelas, grandes espíritos, faremos hoje à tarde... Isso é prova suficiente?

– Sim, sim... – concordaram, apesar de incrédulos.

– Então, para que não duvidem mais dos nossos poderes, o escuro tomará conta de tudo, pelo espaço de uma hora, depois do meio-dia. Para ser mais preciso, duas horas depois do meio-dia...

– Se fizerem o que prometem – reafirmaram –, terão nossas lanças, e as dos nossos guerreiros, ao seu lado.

Infadus aproveitou a oportunidade para traçar o plano dos próximos passos:

– Grandes senhores... Depois do meio-dia, na hora em que prometem fazer tão grande milagre, será realizada a *Dança das Virgens*. Aquela que Tuala julgar a mais bonita será sacrificada em homenagem aos Silenciosos, os espíritos que montam guarda nas montanhas onde são enterrados os reis. Se, nessa hora, os grandes senhores apagarem o Sol, todo o povo acreditará... Se os senhores realmente conseguirem esse feito, devem dirigir-se então para o lado sul. Numa colina em forma de meia-lua já estão aquartelados quatro regimentos. Providenciaremos para que outros dois ou três se juntem a estes. É de lá que iniciaremos a luta contra as tropas que permanecerem fiéis a Tuala.

Acompanhado pelos chefes, Infadus retirou-se.

– Amigos meus – disse Ignosi –, podem mesmo executar esse prodígio? Ou são apenas palavras fáceis, ditas somente para enganar os chefes?

– Não – respondi. – Acredito que conseguiremos realmente o que prometemos.

– Se não os conhecesse e não soubesse que não mentem, não acreditaria... Se fizerem isso por mim, não saberei como agradecer-lhes.

– Há uma coisa que quero que me prometa – disse Sir Henry. – Que, quando for rei, acabará com essas matanças estúpidas e que nenhum homem será morto sem antes ter o direito de defender-se.

– E eu quero mais uma coisa – completou o Capitão Good. – As minhas calças de volta. Sem elas, não lutarei!

Descansamos o restante da madrugada e uma parte da manhã, armazenando energias para as próximas horas, que adivinhávamos muito difíceis.

Perto do meio-dia, Tuala mandou buscar-nos. Saímos vestindo as malhas e carregando todas as nossas armas e munições. Assim que chegamos ao pátio, teve início a *Dança das Virgens*.

Um grupo de moças, lindas, jovens e graciosas, enfeitadas de flores, revoluteou pela praça, com movimentos leves e elegantes. A seguir, cada uma exibiu-se individualmente.

– Homens brancos – perguntou Tuala –, qual delas é a mais bonita?

– A primeira – respondi irrefletidamente. No instante seguinte, já estava arrependido, pois me dei conta de que ajudara a selar o seu destino.

– Seu gosto é igual ao meu – concordou ele. – É esta que deve morrer...

Já dois homens a tinham agarrado e conduzido à presença de Tuala. A moça chorava e se debatia, em vão.

– Como é seu nome? – perguntou-lhe Gagula.

– Fulata... Mas por que devo morrer?...

O Capitão Good, não se contendo, levantou-se. A moça adivinhou o que ia no coração do inglês e correu para seu lado, suplicando:

– Não me deixe morrer, grande senhor!...

Virei-me para o Sol. E vi... nossa salvação, e a daquela pobre moça, lentamente ia tomando forma. Uma pequena mancha principiava a se insinuar para cima do Sol. Comecei a falar, num tom firme que aturdiu o rei:

– Tuala, não podemos consentir com mais esta crueldade. Deixe a garota!

– Que pretendem agora, cachorros que ladram frente ao poderoso leão? – interrompeu-me Tuala, num grito cheio de ódio represado. – É demais! Scragga, mate a mulher. E vocês, guardas, prendam estes homens!

Os guardas de Tuala adiantaram-se, mas foram obrigados a recuar quando lhes apontamos os rifles.

– Parem aí mesmo! – ameacei. – E agora, para que nunca mais duvidem dos poderes dos filhos das estrelas, apagaremos o Sol e faremos o mundo desaparecer nas trevas.

– Embusteiros! – rosnou Gagula. – É mentira! Não lhes deem ouvidos!

Minha ameaça tinha produzido o efeito desejado. Todos me olhavam espavoridos, menos Gagula. Virei-me para o Sol, levantei o braço em sua direção e pus-me a gritar qualquer coisa que me viesse à cabeça, desde que em inglês. Logo Sir Henry e o Capitão Good me acompanharam. Lentamente o Sol ia sendo coberto por uma mancha negra. Com a mesma lentidão, as trevas iam tomando conta de tudo. Guerreiros valentes jogavam-se ao solo, tapando os olhos, de puro medo. Mulheres carregavam os filhos no colo, enfiando-se dentro das cabanas, gemendo de pavor. Tuala e Scragga mantinham-se imobilizados, os olhos postos no céu.

– Passará, passará! – gritava Gagula, desesperada por não poder dominar a situação. – Já vi isso acontecer outras vezes. Não se assustem, a sombra passará!

Mas ninguém a ouvia... E o Sol continuava a sumir, lenta mas inexoravelmente.

– O Sol está morrendo – gritou desesperado Scragga. – Os filhos das estrelas o mataram. Vamos todos morrer envoltos nas trevas...

Com o coração explodindo de raiva e desespero, animado pelo terror ou pela fúria, o filho do tirano levantou a lança e desferiu-a contra o peito de Sir Curtis. O golpe foi aparado pela cota de malha, sem provocar qualquer ferimento. Antes que Scragga pudesse repetir o gesto, Sir Henry arrancou-lhe a lança das mãos e revidou o ataque. O agressor caiu inerte, varado pela arma letal.

O pânico era geral. Homens, mulheres e crianças corriam para todos os lados e para lugar nenhum, pois não sabiam onde se abrigar. Mesmo Tuala, ao ver o filho morto, enveredou pela cabana real, seguido por Gagula.

– Vamos! – comandou Infadus, colocando-se ao nosso lado, acompanhado pelos chefes, também atemorizados.

Deixando para trás aquele palco de tão tristes espetáculos, tomamos o caminho indicado pelo velho chefe. Fulata nos acompanhava. Segurando-nos uns aos outros pelas mãos, formávamos um extenso cordão humano. Antes que cruzássemos a abertura da paliçada, o escuro se abatera por completo sobre a Terra. Mergulhamos nas trevas, seguindo Infadus.

11
A batalha da colina

Antes de chegarmos à colina onde se concentravam os guerreiros de Infadus e dos demais chefes que aderiram à causa de Ignosi, o Sol já voltara a brilhar no céu. Ao subir a íngreme ladeira, pude constatar o acerto da escolha do local pelo velho kakuana: postados no topo da elevação, tínhamos excelente visão de tudo o que acontecia em Lu e nos arredores. E, se não tínhamos um exército tão numeroso quanto Tuala, pelo menos podíamos contar com uma posição privilegiada. Precisávamos ter alguma vantagem, já que nossos 20 mil homens teriam que enfrentar forças três vezes mais numerosas.

Seguido pelos outros chefes, por Ignosi e por nós três brancos, Infadus dirigiu-se para a frente das tropas ali reunidas. Começou por apresentar Ignosi, contando sua história desde menino. Lembrou o assassinato de Imotu, a fuga de sua mulher carregando uma criança no colo, o despotismo de Tuala, o terror constante em que viviam, preparando a conclusão:

– Pois estes três filhos das estrelas, vendo a tristeza do povo kakuana, compadeceram-se de nós. Atravessaram o deserto e as montanhas e nos trouxeram Ignosi de volta para acabar com o triste reinado de Tuala. Vocês testemunharam os seus feitos e comprovaram os seus poderes. Eles lutarão ao nosso lado e seremos invencíveis.

Terminou o seu discurso em meio a um murmúrio de aprovação geral. Ignosi deu um passo à frente e falou a todos nós:

– Homens das estrelas amigos meus, meu tio Infadus, chefes, guerreiros, povo dos kakuanas: sou Ignosi, legítimo rei desta terra. Tudo o que Infadus falou é verdade. Voltei para derrubar Tuala e reaver o posto que por direito me pertence. Se querem seguir-me... a escolha é sua. Prometo-lhes que, se vencermos, entre nosso povo não haverá mais derramamento vão de sangue como os que Tuala promove; ninguém mais será morto sem ser julgado; haverá paz e justiça. E então, o que vocês escolhem?

20 mil pés bateram no chão, saudando o novo rei.

Ao longe, víamos movimentos de tropas em todas as direções: era Tuala reorganizando seu exército.

– Hoje não atacarão. Mas amanhã Tuala poderá contar com uns 50 mil guerreiros – sentenciou Infadus.

– Conseguiremos repelir o ataque com nosso contingente?

– Espero que sim – concluiu Infadus. – Somos menos numerosos, mas temos os melhores guerreiros.

Especialmente o meu regimento, conhecido como os *pardos* em razão da cor das penas dos seus cocares, tido como o melhor entre todos. E muitos dos guerreiros que ficaram com Tuala são novatos, nunca enfrentaram uma verdadeira luta... Venham comigo, tenho uma coisa a lhes mostrar.

Levou-nos até uma cabana no outro lado da colina. Lá encontramos os pertences que deixáramos para trás em nossa precipitada saída de Lu. E lá estavam as calças do Capitão Good, que, com alegria incontida, tratou de vesti-las na mesma hora.

Passamos o dia e adentramos a noite a nos preparar para a batalha do dia seguinte, procurando fortificar nossa posição o máximo possível: os acessos foram bloqueados com grandes pedras; aqui e ali construímos fossos e trincheiras.

A hora da luta se avizinhava. Após dormirmos um pouco, levantamos e começamos a nos preparar. Usávamos nossas cotas de malha, as quais, esperávamos, nos seriam muito úteis. Sir Henry encarava tudo aquilo com tal seriedade que resolveu paramentar-se como um guerreiro nativo: "Entre os kakuanas, aja como um deles", explicou-me. Infadus lhe arranjou o que precisava. Ao redor do pescoço, ajustou a capa de pele de leopardo usada pelos comandantes; na cabeça colocou o cocar de penas pretas de avestruz, privilégio dos mais destacados generais; da sua cintura pendiam os rabos de bois brancos atados a uma faixa. Completavam a indumentária um escudo de ferro recoberto de couro, sandálias e uma pesada machadinha. Era, sem dúvida, um traje "selvagem", mas conferia a Sir Curtis um aspecto esplêndido e ameaçador.

Ao amanhecer, vimos marcharem em nossa direção três imensas colunas humanas, cada uma composta de aproximadamente 12 mil homens.

– Vão atacar-nos por três lados ao mesmo tempo – preveniu Infadus.

Os inimigos galgavam lentamente a colina...

– Ah, se tivéssemos uma metralhadora!... – gemeu o Capitão Good.

– Mas temos os rifles – lembrou Sir Curtis. – Eles não têm a mesma eficiência nem o mesmo alcance, mas podemos usá-los assim mesmo. Quatermain, mire o guerreiro que vem à frente.

Foi o que fiz. O homem caiu de bruços, fazendo debandar a tropa que nos atacava pelo meio. Nesse instante, começou o ataque pelo flanco esquerdo; logo a seguir, pelo flanco direito. Enquanto isso, a tropa do centro se recompôs e continuou a subir. Prossegui atirando sem parar, imitado por Good. Mas era como atirar num enorme formigueiro. Para cada homem que caía, surgiam centenas de outros. Sir Curtis já abandonara seu rifle. Com uma pesada clava na mão direita, um facão na esquerda, corria de um lado para o outro, no meio dos inimigos, espalhando terror, medo e morte. Além da mística que o envolvia como enviado dos deuses, e da sua aparência, vestido como um autêntico kakuana, tinha força descomunal, conseguindo, a cada golpe desferido, abrir uma verdadeira clareira entre os soldados de Tuala. Aos poucos, o ataque ia sendo rechaçado colina abaixo.

Vencêramos a primeira batalha. Mas, no solo, jaziam pelo menos dois mil dos nossos valentes guerreiros!...

A tarde foi inteiramente dedicada a recompor nossas forças e cuidar de nossos feridos. Enquanto isso, mais e mais tropas aliadas chegavam a Lu para reforçar o exército de Tuala. Quando esperávamos novo ataque, vimos que nossos inimigos limitavam-se a ocupar posição ao pé da colina.

– Querem cercar-nos para ver se nos vencem pela fome e pela sede, já que não podem vencer-nos pelas armas! – concluiu Infadus. – Melhor estudarmos, junto com Ignosi, o que fazer.

Reunimo-nos com Ignosi e os demais chefes numa grande cabana. No trajeto, Sir Curtis (que estava sendo considerado o herói do dia, tal o seu desempenho) já expressara sua opinião, mas Ignosi queria ouvir-me:

– Incubu diz que devemos atacar, mas homens da sua natureza estão sempre prontos a atacar. Que diz você, Macumazahn, raposa astuta?

– Você é quem decide – repliquei. – Agora é o rei.

– Não, Macumazahn. Perto da sua sabedoria, pouco sei, não passo de uma criança. Você muito já viu e viveu. Seguirei suas palavras.

– Temos pouca água e pouca comida – ponderei.

– Não nos resta outra opção a não ser tomar a iniciativa. Melhor morrer lutando que definhar de sede e fome. Depois, eles não esperam ser agredidos. Se os pegarmos desprevenidos e seguirmos um bom plano, o nosso êxito será muito provável...

12

O fim de Tuala

O exército de Ignosi desceu a colina envolto nas sombras da madrugada. Atacando de surpresa e em silêncio, foi relativamente fácil vencer os homens que Tuala colocara no cerco à colina. Rumamos então para Lu, dividindo as tropas em quatro pelotões. Dois deles encarregar-

-se-iam de cercar a cidade pelos lados, arremetendo contra o inimigo somente na hora oportuna. O terceiro investiria contra Lu pela frente, com uma estratégia especial: avançaria até perto das portas da cidade, detendo-se a menos de dois quilômetros; ali, o terreno se afunilava em estreita passagem, ladeado por rios, tornando impossível a reação simultânea de todas as forças de Tuala. O quarto pelotão permaneceria à sua retaguarda, preparando o bote final. O Capitão Good seguiu com as tropas dos flancos. Sir Curtis e Infadus comandaram a tropa de assalto frontal, e eu permaneci, junto com Ignosi, no último pelotão.

Ao se ver atacado de forma tão acintosa, Tuala imaginou que tínhamos concentrado o nosso exército inteiro num único pelotão, e contra ele enviou todos os seus homens. Eles avançaram pressurosos, mas foram obrigados a se comprimir na estreita passagem, onde foram recebidos pelos mais valentes e treinados soldados kakuanas: os guerreiros de Infadus, os temíveis *pardos*.

A longa batalha durou horas. A cada pelotão inimigo vencido, surgia outro, mas os *pardos* cumpriram corajosamente sua missão. Quando o cansaço já se abatia sobre os homens de Tuala, desfechamos o ataque final. Tomamos o lugar dos *pardos* e, descansados, não foi difícil vencer as últimas resistências dos inimigos já extenuados. No mesmo instante, Good passou a atacá-los pelos dois lados. Aturdidos por mais esse lance inesperado, nossos adversários debandaram.

Sem mais obstáculos, marchamos para Lu. Percebemos então que o Capitão Good mancava, arrastando uma das pernas.

– Um dos bandidos me acertou uma facada – explicou ele.

A entrada da grande paliçada encontrava-se aberta. Penetramos na cidade real. À medida que avançávamos, o restante do exército de Tuala ia se rendendo, intimidado, depondo no chão escudos, lanças, facões... No centro do pátio, palco de grandes chacinas, avistamos apenas Tuala, sentado no que fora seu trono. A seus pés estava Gagula, o único ser que lhe permanecera fiel.

O soberano vencido fixou seu único olho em Ignosi e proferiu palavras cheias de escárnio e deboche:

– Salve, grande rei! Você, que foi meu hóspede e comeu da minha comida e que, com a ajuda das feitiçarias dos brancos, conseguiu sublevar meus regimentos, diga-me o que pensa fazer comigo...

– O mesmo que fez com meu pai, cujo trono usurpou por todos estes anos! – foi a dura e impiedosa sentença de Ignosi.

– Muito bem. Vou lhe mostrar como se morre, para que você se lembre quando chegar a sua hora. Mas reclamo o direito de todos os reis: quero morrer lutando. Não pode negar-me esse direito.

– Concordo. Escolha seu adversário.

Tuala não havia esquecido a morte do filho. Apontou o adversário com a mão estendida, acompanhando o gesto com a palavra:

– Incubu!

– Não! – reagiu Ignosi. – Com ele, não!

– Não, se ele tiver medo... – desafiou Tuala.

Infelizmente, Sir Curtis compreendeu o que se passava e adiantou-se:

– Nenhum homem vivo me chama de covarde. Vamos lá, Tuala; estou pronto!

Os dois homens enfrentaram-se no centro do pátio. Sir Henry era realmente uma figura majestosa: trajado como um guerreiro africano, grande, forte, porte altivo e nobre, sua barba e seus compridos cabelos ruivos esvoaçavam ao vento como a juba de um leão. Não se podia dizer o mesmo de Tuala, que, no entanto, era igualmente forte.

As machadinhas dançaram no espaço, ensaiando os golpes. Faíscas e tinidos de ferro repicavam no ar. O inglês acertou o primeiro golpe, no peito de Tuala. Mas o tirano, assim como Sir Henry, trajava uma cota de malha que o livrou de um ferimento mais grave. Pouco depois, Tuala acertou no cabo da machadinha de Sir Henry, despedaçando-o. Sentindo o adversário indefeso, lançou--se sobre ele. Imaginei que tudo estava perdido. Mas, no instante seguinte, Sir Henry não apenas conseguira desviar--se do golpe que lhe seria mortal como se engalfinhara com o outro em luta corpo a corpo. Rolando pelo chão de terra batida, os dois homens disputavam agora a posse da mesma machadinha, amarrada pelo cabo ao braço de Tuala. O braço do branco foi mais forte e conseguiu, depois de grande esforço, prendê-la entre as vigorosas mãos. Puxou--a, mas ela continuava presa ao braço de Tuala. Um novo puxão, e a corda de couro se rompeu. Os dois homens levantaram-se ao mesmo tempo; Sir Curtis segurava a machadinha, enquanto seu adversário arrancava da cintura um enorme facão. Mas, antes que tivesse tempo de levantá-lo no ar, o braço do inglês desceu com força impiedosa. Um único golpe, certeiro – a cabeça de Tuala desprendeu-se do corpo, rolando pelo chão.

13

Ignosi cumpre sua palavra

Acomodados nos aposentos que tinham sido de Tuala, tratamos de cuidar dos nossos ferimentos. Sir Henry e eu tínhamos o corpo todo coberto de manchas escuras, em consequência das muitas pancadas recebidas durante a batalha; as cotas de malha protegeram-nos das lanças e das facas, mas não evitaram as muitas machucaduras. A perna do Capitão Good, porém, inspirava maiores cuidados: um comprido e profundo talho já ameaçava infeccionar. Com a ajuda de Fulata, que se convertera em nossa fiel e prestativa aliada, limpamos todos os nossos ferimentos. Depois de um caldo quente e revigorante, deitamo--nos sobre as peles de animais que recobriam todo o aposento e dormimos. Ou melhor, tentamos dormir, pois as lamentações eram ouvidas em toda a cidade de Lu: milhares de mulheres choravam a morte dos seus homens.

Bem cedo, fomos acordados por Infadus, que irrompeu alegre e jovial, parecendo saído de uma festa, e não de uma guerra. Good continuou deitado. Procurei acordá-lo, e percebi então que delirava em febre. Fulata, que também se aproximava com a primeira refeição da manhã, abandonou a comida no chão e passou a dedicar inteira atenção ao capitão. Também Ignosi, avisado do estado de Good, não demorou a surgir na cabana, preocupado.

Certificando-nos de que o Capitão Good estava entregue a excelentes mãos, afastamo-nos para um canto. Queria aproveitar a presença de Ignosi e Infadus para resolver um assunto que me incomodava.

– Ignosi – comecei –, o motivo principal que nos trouxe até aqui foi procurar o irmão de Incubu. Talvez Infadus saiba alguma coisa.

Não, Infadus não vira nenhum branco por aquelas terras nem ouvira ninguém comentar qualquer coisa; além do mais, argumentou, seria impossível alguém penetrar na terra dos kakuanas, vindo pelas montanhas, sem passar pela sua aldeia, a primeira delas. Não, definitivamente o branco irmão de Incubu não chegara até ali...

Ao vê-lo abatido com o relato de Infadus, Ignosi procurou reacender as esperanças de Sir Henry:

– Não vamos desanimar ainda. Vamos continuar perguntando e procurando.

– E Gagula? – perguntei.

– Está presa e muito bem vigiada. É o espírito mau desta terra. Quanta desgraça já provocou... Deve morrer.

– No entanto – argumentei –, sabe de muitos segredos.

– É verdade; só ela conhece o caminho secreto da Caverna dos Silenciosos e dos diamantes. Só por isso eu a estou poupando – explicou o rei.

Durante mais de uma semana, Good ardeu em febre, em meio a suores e delírios. Por todo esse tempo, Fulata não arredou pé do seu leito, cercando-o de cuidados. Ao cabo de nove dias, finalmente a febre abandonou nosso amigo, que dormiu então um sono profundo e ininterrupto de quase 18 horas. Quando acordou, sua recuperação se fazia notar a olhos vistos. Mais uma semana e já passeava pelo pátio, apoiado nos braços de Fulata, que só tinha olhos para o seu Buguan. Eu sabia muito bem no que esta mútua dedicação e afeição ia dar...

Ignosi só esperava a recuperação de Good para promover a festa da sua coroação; assim, ela aconteceu poucos dias depois. Diante de todas as tropas reunidas e perfiladas no pátio central de Lu, Ignosi foi proclamado rei com todas as solenidades.

Voltou a reiterar, então, as promessas feitas anteriormente: enquanto reinasse, não permitiria matanças; as farejadoras permaneceriam presas e confinadas até o resto dos seus dias; nenhum homem seria morto sem julgamento e sem direito à defesa. Infadus foi nomeado chefe dos chefes, passando a comandar todas as tropas. Os remanescentes do pelotão dos *pardos* foram promovidos a oficiais e recompensados com terras e gado. Por último, Ignosi determinou que, enquanto permanecêssemos na terra dos kakuanas, deveríamos receber as mesmas honras destinadas aos reis.

Terminada a cerimônia, perguntou-nos se estávamos prontos para ir em busca do tesouro das minas do Rei Salomão. Ante a nossa resposta afirmativa, contou o que mais descobrira:

– As minas se encontram no sopé das três figuras chamadas Os Silenciosos. Ali descansam, numa caverna escavada nas profundezas da montanha, nossos antepassados reais. Ali também se encontra a Morada da Morte, uma câmara secreta cujo segredo de entrada só Gagula conhece.

– E se ela se negar a nos mostrar o caminho? – perguntei.

– Morrerá. Mas deixemos que ela mesma decida.

Dito isso, Ignosi ordenou que trouxessem Gagula à nossa presença. Em poucos minutos ela apareceu, escoltada por dois guardas. Assim que a soltaram, caiu ao chão feito um trapo velho.

– Que quer de mim? – sibilou, os olhos de víbora pregados em Ignosi, vertendo veneno. – Não me toque; cuidado com os meus feitiços...

– Seus feitiços não conseguiram salvar Tuala. E nada poderão contra mim... Assim, poupe as suas ameaças. Mandei chamá-la porque quero que me conte onde se encontra a câmara com as pedras que brilham.

– Ah! ah! ah! – riu-se a velha. – Os diabos brancos voltarão de mãos vazias...

– Se não quiser contar, eu a obrigarei...
– Como? – voltou a grasnar Gagula. – Acha que tenho medo de morrer? Eu conheci seus pais, os pais dos seus pais e os que deram vida a estes... Ninguém ousaria me matar. Assim, não posso morrer, salvo por uma fatalidade.
– Pois eu a matarei!
Ignosi tomou lentamente a lança, cutucando com sua ponta afiada as carnes enrugadas da velha feiticeira. Aguardou um momento e, como ela não reagisse, forçou a arma contra ela. E continuou a forçá-la...
– Pare – pediu Gagula, finalmente. – Não me mate. Eu mostrarei o caminho.
– Você partirá amanhã com Infadus e com meus amigos. Nem pense em traí-los; se alguma coisa lhes acontecer, será condenada à morte lenta.
– Eu lhes mostrarei os tesouros, sim... Em outro tempo, uma mulher já levou um branco até a câmara das pedras que brilham. Mas sobre ele se abateu a desgraça. A mulher se chamava Gagula. Talvez fosse eu... – A velha, livre da lança, voltara a escarnecer.
– É mentira – replicou Ignosi. – Isso aconteceu há pelo menos 10 gerações.
– Quem sabe? Quando se vive tanto tempo, perde-se a memória. Talvez a mulher fosse a mãe da minha mãe e eu só tenha ouvido falar... Quem sabe...

14

A Morada da Morte

Depois de três dias de caminhada, chegamos aos pés das montanhas que os kakuanas chamavam de As Feiticeiras. A Calçada de Salomão passava entre as duas primeiras, findando na base da terceira, oito quilômetros adiante.

Acompanhavam-nos Infadus, Gagula, que viajava numa liteira, um contingente de soldados e serviçais, e ainda Fulata, que não largara mais o Capitão Good, tornando-se sua sombra. Ele não parecia desgostar disso; ao contrário...

Anoitecia e optamos por pernoitar numas cabanas erguidas nas proximidades das duas primeiras montanhas que compunham o conjunto das Feiticeiras. Na manhã seguinte seguimos viagem, apressando o passo em direção à terceira montanha, situada mais ao longe.

– Para que a pressa? – ironizava Gagula, da liteira, soltando uma horrível gargalhada. – A morte sabe esperar...

Finalmente, por volta das 11 horas, chegamos à base da terceira montanha. Ali abria-se um enorme fosso, com aproximadamente um quilômetro de diâmetro e 100 metros de profundidade. A Calçada de Salomão bifurcava-se naquele ponto, rodeava o fosso e voltava a juntar-se mais adiante, do outro lado, onde se encontravam três enormes estátuas esculpidas em pedra.

– Sem dúvida – comentei –, são Os Silenciosos, semideuses adorados pelos kakuanas. Este fosso é semelhante a outros que vi nas minas de ouro de Kimberley. Isso prova que também aqui houve, no passado, uma grande mina de extração.

Aproximamo-nos das estátuas, que representavam as figuras de dois homens e de uma mulher. Ostentavam expressões de crueldade desumana, para infundir em quem as admirasse o mais absoluto terror. Infadus perguntou-nos se preferíamos antes tomar uma refeição ou penetrar imediatamente nas minas. Ansiosos, escolhemos a segunda alternativa. Fulata preparou uma cesta com comida e bebida; a liteira que transportava Gagula aproximou-se, e a criatura desceu, apoiada em um cajado. Dirigiu-se imediatamente, no seu passo trôpego, ao que parecia ser a entrada da mina. Nós a seguíamos.

– Você não vem conosco? Está com medo? – zombou Gagula de Infadus, que não nos acompanhava.

– Não. Você sabe que, em respeito aos Silenciosos, não é permitido ao nosso povo penetrar nestas cavernas. Mas cuidado, Gagula. Não tente trair os amigos do rei. Sou responsável pela segurança deles e, se lhes acontecer qualquer desgraça, você não terá uma morte agradável...

– Sei... – escarneceu a bruxa. E, voltando-se para nós, falou num tom de desafio: – Então, homens das estrelas, estão prontos? Fortaleçam seus corações para suportar o que estão prestes a ver!...

Seguindo Gagula, que carregava uma lamparina, mergulhamos os três, mais Fulata, numa caverna cuja entrada fora escavada nas escarpas rochosas da montanha. Morcegos revoavam à nossa passagem, roçando as asas em nossos rostos. Avançamos talvez 50 metros até desembocar num grande salão, iluminado por uma luz difusa. Impossível precisar por onde penetrava essa luz, que clareava aquela verdadeira obra de arte, lembrando uma catedral gótica desenhada pela natureza. Gigantescas colunas erguiam-se do chão. Aproximei-me para examiná-las e constatei serem estalagmites, pois do teto, lentamente, caíam gotas de água siliciosa – a natureza, ao longo de milhões de anos, encarregara-se de construir aquelas maravilhas.

– Estão preparados para entrar na Morada da Morte? – perguntou-nos Gagula, fazendo o possível para criar um clima de tensão crescente.

– Guie-nos, senhora – gracejou o Capitão Good; mas sua voz traía a apreensão que o dominava. A velha atravessou o salão em toda a sua extensão. Acompanhávamos a luz bruxuleante da lamparina, ao compasso das batidas do cajado que ela fazia ressoar no chão a intervalos regulares. Chegamos a um corredor estreito que, logo adiante, voltava a se alargar, formando uma nova câmara bem menor que a anterior. Um grito de horror desprendeu-se, ao mesmo tempo, das gargantas de todos nós ao depararmos com a cena estarrecedora que nos aguardava.

No meio do salão havia uma comprida mesa de pedra. Sobre ela, na extremidade mais próxima, estava a Morte. Com mais de cinco metros de altura, a estátua representava perfeitamente um colossal esqueleto humano, de ossos muito brancos. Na mão direita, segurava uma lança apontada diretamente para nós... Sobre a laje reconhecemos, horrorizados, o cadáver de Tuala, sentado com a cabeça decepada apoiada sobre os joelhos. Ao redor da mesa encontravam-se dezenas de outros cadáveres; a velha bruxa explicou-nos, entre risadas sinistras, que eram os corpos de todos os reis do império kakuana.

Vencido o pavor, aproximamo-nos do cadáver de Tuala, para constatar que ele, a exemplo dos seus antepassados, estava sendo transformado numa estalagmite: do teto caíam gotas de água siliciosa bem sobre seu corpo, que no decorrer dos anos se tornaria petrificado.

Por certo, Gagula encarregar-se-ia de, posteriormente, sentá-lo ao redor da laje, ao lado dos demais reis mortos, onde permaneceria para o resto dos tempos, junto à figura aterradora da Morte, que velava por toda uma dinastia de kakuanas...

15

O tesouro do Rei Salomão

Enquanto contemplávamos o terrível espetáculo, Gagula aproximou-se do corpo de Tuala e lhe dirigiu algumas palavras, as quais não pude compreender. Fez o mesmo com as outras figuras em volta da mesa e, quando chegou diante da estátua da Morte, pôs-se a rezar.

Sir Henry tirou-a da sua concentração:

– Vamos lá, Gagula. Adiante!

A contragosto, a feiticeira interrompeu a reza, dirigindo-se para a parede do fundo.

– Por aqui, senhores das estrelas – convidou. Entretanto, na direção apontada pela velha, não se via nenhum caminho; apenas rocha sólida.

– Não zombe de nós – repreendeu-a Sir Henry.

– Quem sou eu para zombar de tão importantes senhores? – ironizou Gagula. – Vejam!

No mesmo instante, a parede começou a se mexer. Uma grande pedra, de três metros de largura por outro tanto de altura e um metro e meio de espessura, levantou-se do chão, sumindo no alto. Trinta toneladas de rocha bruta moviam-se! Por certo, um sofisticado sistema de contrapesos levantava a rocha. E, no entanto, quando abaixada, era impossível ver qualquer indício da existência do engenho; nem mesmo se podia identificar o local por onde a pedra sumia no alto. Gagula apertara o dispositivo de acionamento do mecanismo de modo tão disfarçado que tampouco vimos onde ele se localizava. E, extasiados e ansiosos como estávamos, não nos lembramos, naquele momento, de forçá-la a nos revelar o segredo. Mais que sua voz, seu olhar era todo zombaria:

– Aí está, homens das estrelas... Querem entrar? Irão ver riquezas que olhos de brancos jamais enxergaram... Mas devo alertá-los para as desgraças que se abatem sobre quem penetra neste recinto... Só um homem entrou aqui. E ele está morto. Nem mesmo os reis kakuanas se atrevem a entrar. Duvidam das minhas palavras? Entrem, entrem... Vão encontrar, caída no chão, uma bolsa de couro, logo depois da porta de madeira. Foi o outro branco que a deixou cair, quando fugiu apavorado. Mas isso faz centenas de anos...

– Chega de conversa – atalhou Sir Curtis. – Vamos adiante.

Gagula avançou e nós seguimos atrás dela; à exceção de Fulata, que, desde que mergulháramos nas entranhas da terra, era só pavor e medo. Não conseguiu dar mais um passo.

– Buguan – ela chamou por Good –, não consigo ir adiante. Estou com medo e quase desmaiando. Eu os espero aqui. – E sentou-se na beira do corredor, 10 passos depois da porta de pedra, apoiando as costas contra a parede.

Mais alguns passos e encontramos uma porta de madeira. Passamos por ela, e a luz fraca do candeeiro mostrou-nos uma outra caverna: pequena, medindo cerca de três metros por três. O Capitão Good foi o primeiro a penetrar no recinto. Abaixou-se e recolheu um objeto. Era pesado e seu conteúdo retinia.

– Deve ser a bolsa do português José da Silvestra – falou. – E mesmo antes de abri-la, diria que está cheia de diamantes...

– Então vocês sabem o nome do homem branco... – grunhiu Gagula. – Cuidado, podem ter o mesmo fim que ele!...

Sir Curtis não deixou que ela prosseguisse no seu intento de nos atemorizar:

– Adiante, passe-me o candeeiro! – E transpôs a porta, erguendo a luz acima da sua cabeça.

Logo à esquerda, amontoavam-se presas de elefantes até o teto – só aquilo seria suficiente para fazer a fortuna de qualquer pessoa. No lado oposto empilhavam-se 18 grandes caixas de madeira já apodrecida. Good e eu nos acercamos de uma delas, afastando sua tampa, enquanto Sir Henry aproximava a luz, de modo a podermos ver o seu conteúdo: estava abarrotada de moedas de ouro. Comentei:

– Parece que todos os diamantes estão na sacola de José da Silvestra. Não há outros aqui. Mas, ainda assim, não sairemos de mãos vazias: deve haver duas mil moedas em cada caixa!

– Procurem mais ao fundo, à direita, onde está mais escuro – indicou Gagula, deduzindo o teor da nossa conversa. – Vão encontrar três arcas, uma aberta e duas fechadas.

Apressamo-nos na direção apontada pela feiticeira. E lá estavam três grandes arcas. O Capitão Good e eu mergulhamos as mãos na que se encontrava aberta. Estava repleta de diamantes, mas enormes, de valor incalculável.

– Vão adiante – atiçava a velha. – Abram as outras. Há mais, muito mais...

Destampamos as duas outras arcas. Uma delas também estava cheia até a borda. Na outra, havia apenas uns poucos diamantes, mas enormes de valor incalculável.

– Aproveitem... Fartem-se deles... – troçava Gagula.

– Matem a fome... Saciem a sede...

Nós nem prestamos atenção às palavras da feiticeira, não percebendo o lúgubre augúrio contido nelas. Nossa preocupação era outra.

– Somos os homens mais ricos do mundo – murmurei.

– Inundaremos o mercado com esses diamantes – ajuntou o Capitão Good.

– Sim – concordou Sir Henry, buscando trazer-nos de volta à realidade –, mas primeiro é preciso tirá-los daqui...

Entretidos com nosso tesouro, não percebemos que Gagula, silenciosa como uma serpente que prepara o bote, esgueirou-se para fora da câmara, em direção ao corredor que levava à porta de pedra. Gritos de dor e pavor trouxeram-nos de volta à realidade dos fatos.

– Socorro! Socorro, Buguan!... – suplicava Fulata. – A pedra está baixando!

– Solte-me, solte-me, rapariga! – era a voz de Gagula. – Solte-me ou então...

– Socorro! – gemeu a moça. – Ela me apunhalou...

Corremos na direção dos gritos. Fulata ainda tentava reter Gagula, agarrando-se às suas vestes. Atrás delas, a porta de pedra descia lentamente. Com um safanão, Gagula desvencilhou-se da moça, jogando-a ao solo, e arremessou-se na direção da porta já quase fechada. Espremeu-se pela abertura, que se estreitava mais e mais, tentando escapar para o outro lado. Mas seu esforço resultou nulo: a pedra baixara por inteiro, prendendo-a irremediavelmente. Trinta toneladas de rocha bruta esmagaram impiedosamente a velha feiticeira. Gritos pavorosos ecoaram pelas paredes da galeria, acompanhados do ruído de ossos que se partiam e, por fim, do som repugnante da carne prensada contra o solo duro. Os dias de Gagula, e seus feitiços macabros, estavam terminados...

Voltamos nossa atenção para Fulata, já aninhada nos braços de Good. Eu traduzia as palavras de um para o outro.

– Ah... Buguan... – arquejava a bela criatura. – Estou morrendo... Desculpe-me por não ter evitado isso. Não pude. Eu estava desmaiada; acordei com o barulho da pedra descendo. Então vi Gagula do lado de fora... Daí ela voltou para espiar vocês... Foi quando me agarrei a ela... Lutei... mas ela me apunhalou...

– Não diga mais nada... acalme-se... – sussurrava Good, todo ele carinho e dor.

– Buguan... eu o amei desde o primeiro instante... – continuou a moça. – Talvez seja melhor eu morrer: como poderia o Sol unir-se a uma insignificante flor? Eu o amo... e vou procurá-lo em todas as estrelas do céu, depois que me for desta vida... Está ficando tudo escuro... Aperte--me em seus braços, Buguan...

Um longo silêncio antecedeu o gemido de Good:

– Ela está morta!

– Não seja por isso – retrucou Sir Henry, condoído com a triste sorte dos dois namorados, mas lembrando também a nossa própria situação –, logo estaremos junto de Fulata.

– Como? – perguntei, sem compreender.

– Estamos enterrados vivos! – lembrou-nos Sir Henry.

E assim era. Num primeiro instante, buscamos, como desesperados, uma abertura na rocha. Ela desaparecera. Continuamos então a procurar por um mecanismo que voltasse a abrir a fenda na pedra. Isso também foi inútil. Até que percebemos o óbvio:

– É impossível abrir a rocha por aqui, pelo lado de dentro – concluí. – Fulata nos contou que a velha saiu da gruta. Deve ter ido acionar o mecanismo que abre e fecha a passagem na rocha. Voltou para certificar-se de que ainda estávamos entretidos com os diamantes. Foi quando Fulata a agarrou... Se existisse algum modo de levantar a porta de pedra pelo lado de dentro, ela não teria se arriscado tanto para escapar para o outro lado...

– Que horas são? – perguntou Sir Henry.

– Seis... – respondi, depois de consultar o relógio.

– Entramos às 11... Logo Infadus vai dar pela nossa falta e virá em nosso socorro – animou-se Good.

– Mas ele não sabe da existência da porta. E, mesmo que soubesse, não conhece o segredo para abri-la. Seriam necessários muitos quilos de dinamite para derrubá-la. Parece que nosso fim chegou... – completou Sir Henry.

Em silêncio, voltamos para a câmara do tesouro, levando o corpo sem vida de Fulata, o cesto de comida, água e o candeeiro.

Não tínhamos a menor vontade de comer. Mas era preciso tentar sobreviver... Repartimos a comida em quatro mínimas porções para cada um de nós, fazendo o mesmo com a água.

– É preciso racionar o alimento e a bebida – sentenciou Sir Henry, naquele momento o mais lúcido de todos nós. – Assim poderemos nos sustentar por alguns dias. Agora, vamos comer.

O passo seguinte foi vasculhar o pequeno aposento em busca de uma possível saída. Mas todo o nosso empenho resultou inútil.

– A caça a este tesouro já levou muitos à morte. Parece que os próximos seremos nós... – comentei, desanimado, rendendo-me à fatalidade.

Como para confirmar minhas palavras, a luz do candeeiro apagou-se. E mergulhamos na escuridão...

16

No ventre da montanha

É impossível descrever as amarguras, o sofrimento e o horror daquela noite. Por mais escura e silenciosa que seja a pior das noites, sempre existe um ponto de luz, ainda que mortiço, e o mais leve barulho, mesmo o sussurrar do vento. Mas ali, na câmara do tesouro, o silêncio e a escuridão reinavam absolutos, como se também nós já estivéssemos mortos. E dizer que estávamos rodeados por tesouros capazes de resolver os problemas de países inteiros! Triste ironia do destino...

– Good – perguntou Sir Henry, depois de um lapso de tempo que nos pareceu eterno –, quantos fósforos ainda nos restam?

– Oito...

– Acenda um. Vamos ver que horas são.

Meu relógio marcava cinco horas. Lá fora, a escuridão da noite devia estar dando lugar à luz do amanhecer.

– É melhor comermos mais um pouco para recompor as forças – sugeriu Sir Curtis.

– Para quê? – indagou o capitão. – Talvez seja preferível morrermos o quanto antes. É inútil prolongar nosso sofrimento.

– Amigo, enquanto há vida, há esperança – advertiu-o Sir Henry. – Não vamos nos entregar tão facilmente...

Admirável homem, aquele nobre inglês. Esquecia seus próprios tormentos para velar por seus amigos, na tentativa suprema de não deixá-los desesperar. Fizemos nossa refeição: uma ínfima quantidade de comida e um gole de água.

– Talvez com o amanhecer – raciocinou ele – Infadus venha à nossa procura. Por que não ficar perto da porta de pedra, gritando por socorro?

O Capitão Good ofereceu-se para cumprir essa missão. Era mesmo o mais indicado, pois, além de uma voz treinada a comandar operações marítimas, tinha um repertório inesgotável de impropérios. Permaneceu ao lado da porta – na verdade, do paredão onde havia uma porta, porque não conseguíamos mais divisar nem mesmo seus contornos, tão bem se fechara – berrando por horas a fio. Voltou com a garganta seca, ardendo de sede. A tentativa fora inútil e o resultado desastroso, considerando a pouca reserva de água de que dispúnhamos. Resolvemos abandonar a ideia.

Já me entregava novamente à fatalidade e à resignação com a morte próxima quando percebi que alguma coisa não corria de acordo com o que se poderia esperar.

– Estamos aqui, presos numa pequena câmara há horas: quase um dia, uma noite, e agora outro dia. Já estaríamos mortos se não houvesse renovação de ar. Isso quer dizer que o ar consegue penetrar por algum lugar...

– Como não pensei nisso antes?! – exclamou Sir Henry, concordando com as minhas ponderações. – E não é pela porta. Porque, quando ela se fechou, vi muito bem, encaixou-se numa espécie de ranhura do solo.

As esperanças renasciam... Como loucos, pusemo-nos a vasculhar cada centímetro das paredes e do chão daquele pequeno aposento. Ao fim de outra hora, Sir Henry e eu tínhamos desistido, mas Good continuou.

– Quatermain, venha até aqui, depressa!

O capitão estava no canto da câmara, por trás das arcas de diamantes. Empurrara uma delas e, ajoelhado no chão, descobrira alguma coisa.

– Aqui – pediu novamente. – Ponha sua mão onde está a minha. Não sente nada?

– Por Deus! – exclamei. – É uma corrente de ar!

– Acenda outro fósforo – sugeriu Sir Curtis.

E vimos o que, no passado, possivelmente fora um alçapão. Uma pedra de meio metro de largura por igual comprimento tampava o buraco; no meio havia uma argola esculpida em pedra.

Good retirou do bolso sua inseparável navalha e, com a ponta saliente do cabo, começou a escavar o contorno da argola. Quando conseguiu colocá-la na vertical, tentou levantar a tampa do alçapão, que não se moveu um milímetro. Nem eu nem Sir Henry, com toda a sua força descomunal, conseguimos melhor resultado. Para dificultar as coisas, a argola encontrava-se num canto, numa posição em que se tornava impossível mais de uma pessoa segurá-la ao mesmo tempo.

O capitão não se deu por vencido. Novamente armado com a navalha, voltou sua atenção para o contorno do alçapão. Durante mais algum tempo escavou as ranhuras, na altura em que a tampa se encaixava no solo, até a profundidade alcançada pelo pino saliente da navalha. Retirou o grande lenço que trazia enrolado ao pescoço, passou-o pelo aro e sugeriu a Sir Curtis:

– Tente agora. E você, Quatermain, agarre-se na cintura de Curtis, ajudando-o a fazer força. Agora, já!...

O barão arquejava pelo esforço, incentivado por Good:

– Mais um pouco, a tampa está se movendo... assim...

A laje cedeu por inteiro à descomunal força de Sir Curtis, soltando-se do lugar onde permanecera por séculos. No instante seguinte, uma fresca corrente de ar soprou no recinto.

Com cuidado, para que o vento não o apagasse, acendemos um dos últimos fósforos. A nossos pés, distinguimos o primeiro degrau de uma escada de pedra.

– Vamos descer. Eu vou na frente – comandou Sir Curtis. Já estava no segundo degrau quando se lembrou:

– Quatermain, pegue os restos de comida e água; talvez precisemos deles.

Voltei para apanhar o cesto. Ao passar ao lado das arcas, ocorreu-me pegar alguns diamantes. Por que não? Não tínhamos vindo até ali por esse motivo? Retirei alguns da primeira arca e enchi os bolsos das calças. Os bolsos da jaqueta de caça foram reservados para os maiores, encontrados na terceira arca.

– Não querem levar alguns diamantes? – perguntei aos companheiros. – Eu já peguei uns bons punhados...

– Para o inferno com essas pedras – praguejou Sir Curtis. – O que importa agora é salvar a pele.

O Capitão Good não respondeu. Aproveitou o instante em que me afastei em busca do cesto para despedir-se, com um último beijo, da sua querida Fulata.

Descemos os degraus de pedra, 15 ao todo. No final da escadaria, acendemos outro fósforo e avistamos um corredor que tanto dava passagem para a esquerda como para a direita.

– Qual será o caminho? – perguntei.

– A chama do fósforo inclinou-se para a esquerda – afirmou Good. – Assim, o ar deve estar vindo do lado contrário.

Tomamos o túnel à direita e seguimos adiante. Por horas e horas caminhamos, a passos lentos, tateando as paredes e o chão. Mais à frente, novas galerias partiam perpendiculares àquela em que nos encontrávamos – parecia que estávamos no meio de um labirinto de pedra que não nos levaria a lugar algum. Cansados, extenuados, resolvemos parar para descansar.

– Só faltava termos escapado da câmara do tesouro para morrer nestes corredores escuros – reclamou o capitão. – Estranhas galerias...

– Foram escavadas na rocha – concluí. – Parecem não ter um traçado definido. Diria que alguém as escavou seguindo os veios de diamantes. É isso: devemos estar perdidos nas minas do Rei Salomão!

Comemos e bebemos tudo o que nos restara: um naco de carne e uns poucos goles de água. Faltavam-nos forças para reiniciar a jornada, e deixamo-nos ficar quietos, sentados no chão. Depois de alguns instantes meus ouvidos captaram um pequeno ruído.

– É água, escutem! É água corrente!...

O Capitão Good levantou-se de um salto e pôs-se a caminhar, apressado, à nossa frente. A cada novo passo, o barulho da água corrente ganhava intensidade. Um grito de socorro, o som de um corpo contra a água: Good pisara em falso e caíra numa corrente subterrânea. Logo nos tranquilizou:

– Está tudo bem; consegui agarrar-me a uma pedra. Por favor, acendam um fósforo para que possamos nos localizar.

Lá estava ele, agarrado a uma rocha, no meio de um caudaloso rio.

– Preparem-se para me resgatar. Vou nadar de volta; agarrem-me assim que chegar.

Instantes depois, estava seguro pelas fortes mãos de Sir Curtis. Por ali seria impossível continuar: a correnteza, extremamente violenta, cortava nossa passagem. Em todo caso, aproveitamos para beber daquela água e nos refrescar um pouco. Em seguida, começamos a retomar pelo mesmo caminho. Já atravessávamos uma das galerias, a primeira delas de volta do rio, quando Sir Henry, desanimado, sugeriu:

– Por que não seguir este corredor à direita? Afinal, não temos outra alternativa a não ser procurar até cair mortos. Todos esses túneis são iguais...

Acatamos a sugestão, o barão caminhando à nossa frente. E, quando ele subitamente estacou, chocamo-nos ao seu encontro.

– Olhem! – gritou, apontando em determinada direção. – Aquilo lá ao longe não é luz?

Muito distante, brilhava um pequeno, minúsculo ponto de claridade difusa. Arrojamo-nos para o que poderia se transformar em nossa salvação. O corredor estreitou-se, forçando-nos a andar curvados. Mais adiante, rastejávamos de joelhos. O corredor estreitava-se mais e mais, obrigando-nos a deslizar sobre nossas barrigas. Mas, finalmente, conseguimos sair do ventre da montanha... Rolamos por uma ribanceira abaixo e, ao cabo de alguns minutos, encontramo-nos novamente juntos, machucados, arranhados, sujos. Mas vivos e salvos!...

Amanhecia. E, sob a claridade crescente, reconhecemos o lugar onde nos encontrávamos: a imensa cratera aos pés das estátuas dos Silenciosos, perto da entrada da caverna que levava ao grande salão resplandecente e à Morada da Morte.

Reunindo o que restava das nossas forças, escalamos o íngreme paredão de aproximadamente 100 metros que nos levaria, afinal, para fora da mina. Uma vez no alto, não muito longe dos Silenciosos, avistamos o acampamento de Infadus; dirigimo-nos para lá.

Ao nos ver, o soldado que montava guarda jogou-se ao chão e começou a gritar. Achamos, então, que seria mais prudente chamar pelo nosso amigo:

– Infadus! Somos nós!

O velho chefe veio ao nosso encontro. Seu rosto traduzia grande espanto. E, por certo, havia motivos de sobra para isso. Nosso estado era simplesmente lastimável: sujos, roupas rasgadas, quase mortos de fome, manchas de sangue já seco escureciam partes do nosso corpo. Além disso, depois pude confirmá-lo, o desgaste e o medo experimentados naqueles dias horríveis tinham conseguido branquear completamente os meus cabelos.

– Ah, meus senhores, meus amigos... São vocês!... Voltaram do mundo dos mortos!...

O veterano guerreiro chorava como criança.

17

Despedidas

Quarenta e oito horas ininterruptas de sono, seguidas por uma farta refeição, conseguiram colocar-nos novamente em forma.

Nos dias seguintes, tentamos por todos os meios voltar até o tesouro de Salomão.

Principiamos procurando localizar o pequeno buraco pelo qual escapamos: ele nos permitiria o acesso a todos os túneis e caminhos que percorremos até chegarmos à escadaria da câmara onde se encontravam os diamantes.

Não tivemos êxito: a parede do grande fosso estava repleta de outros pequenos buracos, feitos por formigas e outros animais. Examinamos centenas deles antes de desistir.

Não tivemos melhor sorte ao entrarmos na caverna e voltarmos à Morada da Morte. Por mais que procurássemos, não encontramos o menor sinal do engenho acionador do mecanismo que levantava a grande porta de pedra. Frustrados, abandonamos a caverna. Mas não havia por que maldizer a sorte: afinal, tínhamos escapado com vida de uma aventura que se prenunciara terrível. E ainda tínhamos conseguido trazer conosco um bom punhado de diamantes. Verdade que, repartidos, não nos transformariam em multimilionários, mas também era certo que estaríamos bem-arranjados para o resto dos nossos dias.

Ignosi recebeu-nos em Lu com pompas e festa. Escutou com extrema atenção todos os detalhes da nossa aventura. E ficou particularmente feliz quando soube da morte de Gagula.

– Ainda bem... Se ela não tivesse morrido, por certo já estaria arquitetando um plano para matar-me e colocar outra pessoa no trono. Com certeza, durante todo o trajeto até o tesouro, já tinha calculado como deixá-los lá trancados, para morrerem de fome e sede, enterrados vivos. Felizmente, o reino dos kakuanas está livre dessa praga!

Nosso velho amigo e agora rei dos kakuanas não se esquecera, porém, do motivo principal que nos trouxera àquela terra e, durante a nossa ausência, tratara de se informar, com o maior número possível de pessoas, sobre a vinda de algum outro homem branco àquela região, há algum tempo. Não, infelizmente, antes de nós nenhum outro homem branco pusera os pés naquela terra, no intervalo de uma vida...

Em vista disso, nada mais nos prendia ali. E a saudade de nosso próprio mundo também já se fazia sentir.

Assim, explicamos a Ignosi que, breve, chegaria o dia da nossa partida.

– Sei... – disse ele, triste e amargurado. – Meus amigos brancos já têm agora as pedras que brilham e querem deixar-me. Decerto, foi apenas por elas que me ajudaram. Malditas sejam elas e aqueles que as procuram!

– Ignosi, não seja injusto – chamei-o de volta à razão. – Sabe muito bem que nossos sentimentos não mudaram. Também você, quando estava no meio dos homens brancos, não sentia saudades do seu povo, da sua terra? Mesmo sem conhecê-los direito... Que dizer de nós, que crescemos junto do nosso povo, na terra dos nossos antepassados?

– Desculpem-me – pediu o rei. – Como sempre, Macumazahn é a voz da razão e da sabedoria. Meu coração está cheio de tristeza, por isso diz bobagens... Se desejam ir, vão... Mas nunca os esquecerei. Nem a sabedoria de Macumazahn, nem a determinação de Buguan, nem a coragem e a força de Incubu. Porque é certo que estas terras nunca mais verão guerreiros e homens como vocês. E mais: determinarei que seus nomes sejam venerados como os dos deuses; assim, serão sempre lembrados por todo o povo kakuana. Se um dia quiserem voltar, serão sempre bem-vindos. Esta terra será sua pátria e este povo será sua gente. Infadus irá guiá-los, com uma escolta, até a metade do deserto. Soube da existência de outro caminho para cruzar as montanhas e o deserto, muito mais fácil de ser vencido do que aquele pelo qual viemos. Agora vou me retirar. E não quero mais vê-los, pois meu coração não aguentaria e meus olhos chorariam como os de uma mulher. Adeus, amigos. Vão em paz.

Ignosi deu-nos as costas e retirou-se. Também nós deixamos o pátio central, rumo à nossa cabana, em profundo silêncio.

Na manhã seguinte, acompanhados por Infadus e por um séquito de guerreiros, pusemo-nos a caminho.

Cruzamos as montanhas de Soliman, não por um dos picos dos Seios de Sabá, mas na exata direção em que os dois montes se juntavam. Descemos do outro lado. Ali estava o grande deserto, mas com uma aparência bastante diferente da que conhecíamos. A intervalos regulares podíamos divisar manchas negras aflorando na brancura da areia: eram oásis, que pontilhavam o caminho e o tornavam bem mais seguro e ameno.

– Uma expedição de caça, que andava em busca de penas de avestruzes, encontrou este caminho por casualidade – explicou-nos o veterano chefe.

Muitas vezes ficara intrigado, sem saber como a mãe de Ignosi conseguira percorrer aqueles caminhos, cruzando a montanha e o deserto, numa jornada que, por mais de uma vez, quase nos tirara a vida. Para ela, a travessia deveria ter sido ainda mais penosa, pois, além de frágil, carregava uma criança no colo. Naquele caminho estava a explicação.

No amanhecer do quinto dia de marcha depois de termos deixado a cidade de Lu, descemos o último trecho da montanha e atingimos o começo do deserto.

– Com o coração partido – despediu-se Infadus –, devo deixá-los aqui para retomar à minha terra. Cinco homens os acompanharão até o primeiro dos oásis. Depois disso, irão sozinhos. Mas conseguirão chegar à terra fértil do outro lado do deserto. Amigos, lamento deixá-los. Nunca mais outros olhos kakuanas verão guerreiros tão valentes. Nunca esquecerei o único golpe com que Incubu decepou a cabeça do cruel Tuala...

Sentimos uma enorme tristeza por termos que nos separar do bom e fiel amigo Infadus. Mas não havia jeito.

O Capitão Good estava tão emocionado que o presenteou com um monóculo que trazia de reserva consigo. Imediatamente o velho prendeu-o, o melhor que pôde, junto ao olho esquerdo. Sem dúvida aquele objeto milagroso lhe daria ainda mais prestígio junto aos guerreiros kakuanas.

Ao anoitecer do segundo dia de marcha pelo deserto, pisamos a grama verde do oásis...

18
Um último milagre

Dirigi-me logo para o centro do local, onde adivinhava estar o poço de água. Assim que o encontrei, comecei a circundá-lo, procurando o melhor lugar para nosso acampamento. Não longe de onde me achava, a menos de 20 passos, vi o que me pareceu ser uma miragem: lá se erguia uma cabana construída com paus e galhos, bem à maneira das habitações do local; mas, no lugar da abertura arredondada, havia uma autêntica porta de galhos entrelaçados. Enquanto eu a observava, a porta abriu-se, dando passagem a um homem branco.

– Não é possível – murmurei para mim mesmo. Nenhum homem branco sabia daquele caminho e daquele oásis. Como então explicar aquela visão?

Sir Henry e o Capitão Good se acercaram. O estranho olhava-nos fixamente. Mais estranho ainda era seu aspecto: uma grande barba negra cobria-lhe o rosto por inteiro; sobre o corpo, trazia apenas pedaços de couro de animais selvagens, num arremedo de roupa.

Um grito e o homem precipitou-se, coxeando, em nossa direção. No instante seguinte, Sir Curtis passou por mim, correndo ao encontro do estranho. Logo depois, os dois estavam juntos, abraçados.

– É George, meu irmão! – exultou Sir Curtis. – E eu, que já o imaginava morto...

Alertado pela gritaria, outro homem se aproximou. Era um preto, já de cabelos grisalhos, que se dirigiu a mim:

– Não me reconhece mais, Macumazahn? Sou eu, Jim, meu senhor. Perdi o bilhete que mandou entregar para meu amo e aqui estamos há dois anos...

Aquela foi uma noite de muitas recordações: sentamo-nos todos ao redor da fogueira em frente à barraca de George, que nos fez o relato de suas aventuras.

– Há dois anos, depois de me despedir do senhor Quatermain, em Bamangwato, dirigi-me para Sitanda, e adentrei o deserto. Não tinha nenhuma indicação de qual seria a melhor maneira de cruzá-lo. Jim não me contou nada sobre o bilhete que Quatermain lhe havia dado; só o soube agora. E, ao contrário dos exploradores que vieram antes de mim, tomei outro rumo e, por acaso, vim parar aqui neste oásis. Resolvi ficar alguns dias neste lugar encantador, antes de seguir caminho. Uma tarde, estava na beira do lago, lá naquele ponto onde se encontram algumas rochas. Jim, andava à cata de mel produzido por abelhas selvagens e, sem querer, acabou por derrubar uma grande pedra sobre minha perna direita, esmagando-lhe os ossos. Sem poder andar direito, deixei-me ficar aqui, dia após dia, ansiando por ser encontrado por alguma tribo de indígenas que pudesse me ajudar a voltar à civilização... E, agora, me aparecem vocês... Foi sorte grande demais!...

– E nós já não tínhamos a menor esperança de encontrá-lo, nem vivo nem morto... – confessou Sir Curtis. – Mas, por sua causa, chegamos até as minas do Rei Salomão.

– E realmente as encontraram? – interessou-se George.

– Sim – confirmou Sir Henry, que a seguir relatou--lhe as nossas peripécias.

Terminada a narrativa, George comentou:

– Ao menos, vocês foram afortunados. Eu, ao contrário, saio dessa aventura apenas com uma perna defeituosa...

Sir Curtis esclarecera ao irmão que os diamantes pertenciam, em partes iguais, apenas ao Capitão Good e a mim. O comentário triste de George fez com que eu chamasse o capitão para uma conversa particular. Depois de rápido acerto, comunicamos nossa decisão aos dois irmãos: uma parte dos diamantes, a partir daquele momento, pertencia também a eles; se Sir Henry não quisesse nada, essa terça parte ficaria para George. Depois de muitos protestos e ponderações, fizemos prevalecer nosso ponto de vista.

Aquele oásis era um paraíso de caça, especialmente à noite, quando os animais vinham beber água no poço. George e Jim, que viveram dois anos se alimentando dessa carne, passaram essa última noite empenhados em nos prover sustento para a travessia do restante do deserto.

Despedimo-nos dos cinco guerreiros kakuanas que nos tinham acompanhado até ali, carregando água e comida. Eles retomaram em direção às montanhas de Soliman e nós rumamos para Sitanda. A jornada foi árdua, principalmente porque tivemos de apoiar George durante a travessia, uma vez que ele mal podia andar – sua perna direita ficara seriamente danificada.

Na aldeia, encontramos nossas armas e munições, ali deixadas meses atrás, em perfeitas condições. Mais alguns dias e estávamos em minha casa de Durban, onde agora me encontro terminando este relato.

....

Mal terminara esta última página, um criado trouxe-me uma carta enviada por Sir Curtis. Aproveito para transcrevê-la:

Brayley Hall, Yorkshire

Querido amigo Quatermain:

Dias atrás escrevi-lhe um rápido bilhete contando-lhe que chegamos — George, Good e eu — bem de viagem, aqui na Inglaterra. Acredito que o tenha recebido.

Agora, as demais novidades.

Gostaria que pudesse ter visto o aspecto de Good, já no dia seguinte à nossa chegada. Logo pela manhã, apareceu-me ele todo elegante, enfeitado e paramentado, com um novo monóculo. Por uns tempos, andou chateado comigo porque algum bisbilhoteiro publicou a notícia do sucesso que suas pernas brancas fizeram entre os kakuanas, atribuindo o vazamento da informação à minha indiscrição.

O mesmo Good encarregou-se de levar os diamantes à joalheria de Streeter, uma das mais conceituadas de Londres, para avaliação. Não me atrevo a informar-lhe por carta o absurdo valor da sua cota-

ção. Sem dúvida, todos os diamantes são de primeiríssima qualidade. Nem mesmo aquela famosa joalheria tem condições de bancar sua compra. Ficaram com um lote, sugerindo que colocássemos outros lotes no mercado de forma lenta e planejada, para não abalar seu comércio. Quatermain, você é um homem rico, imensamente rico! É preciso que venha logo à Inglaterra para tratar pessoalmente do assunto.

Ainda com respeito a Good, parece que não consegue mais ser o mesmo sujeito alegre e jovial de outros tempos. Acredito que Fulata, mesmo morta, continua fazendo do coração dele sua morada permanente.

Amigo, gostaria muito que viesse à Inglaterra. Além de cuidar da venda da sua parte dos diamantes, você tem outros motivos. Poderia rever George, Good e também seu filho.

Por sinal, Harry passou uma semana aqui comigo, caçando em minha propriedade. Gostei muito dele.

Seu sincero amigo,

Henry Curtis

P.S.: As presas do grande elefante que matou Khiva agora enfeitam a parede da sala de estar da minha casa.

H. C.

Roteiro de Trabalho

As minas do Rei Salomão

H. Rider Haggard • Adaptação de Werner Zotz

Durante meses, três ingleses enfrentam perigos terríveis para encontrar um companheiro que partira em busca das minas do Rei Salomão, na África do Sul.

QUE HISTÓRIA É ESSA?

Você acabou de ler o livro. Ótimo. Mas por que tanta gente acha essa obra tão importante? Vamos relembrar a história e ver o que há por trás dela.

3. Qual era o objetivo de Umbopa ao entrar gratuitamente a serviço dos europeus naquela travessia?

5. Como os ingleses conseguiram conter a hostilidade dos nativos kakuanas?

_____

_____

_____

_____

_____

_____

_____

_____

_____

6. Como Ignosi conseguiu recuperar o trono dos kakuanas?

_____

_____

_____

_____

8. Que circunstâncias ligaram Fulata ao Capitão Good? Por que ela foi assassinada?

_____

_____

_____

_____

_____

_____

_____

_____

_____

_____

_____

9. George Curtis conseguiu chegar até as minas do Rei Salomão? Por quê?

_____

_____

VAMOS CRIAR COM A HISTÓRIA

Agora que você relembrou a história e descobriu uma porção de coisas, vamos mexer com ela e ver aonde a gente chega. Escolha com o seu professor um ou mais destes caminhos. E até invente outros.

1. As imagens também podem compor um livro. Reconte a história a partir das ilustrações, ou cite coisas que você descobriu nelas. Faça isso por escrito.

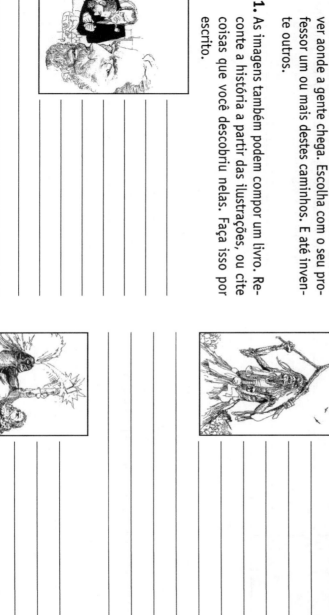

4. Pode-se detectar na narrativa indícios de que o autor acreditava na superioridade dos europeus sobre outros povos. Será que só na Europa surgiram grandes civilizações? Faça uma pesquisa sobre o assunto e anote os pontos principais no espaço a seguir.

_____
_____
_____
_____
_____
_____
_____
_____
_____
_____

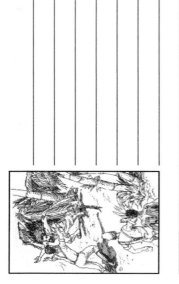

2. Você conhece outras histórias que relatam a busca de tesouros escondidos? Escolha uma, resuma-a nas linhas a seguir e conte-a para a classe.

_____
_____
_____
_____
_____

3. Na história há a descrição de uma caçada. Você acha essa atividade justificável? Aponte argumentos favoráveis e contrários a essa prática. Um debate com toda a classe poderá ser oportuno.

5. Na sua opinião, qual é o principal problema político-social da África do Sul na atualidade?

_____
_____
_____
_____
_____
_____

7. Como os ingleses conseguiram sair do ventre da montanha que escondia o tesouro?

_____
_____
_____
_____
_____
_____
_____
_____
_____
_____
_____

10. Os heróis dessa aventura conseguiram superar muitas dificuldades ajudados pela sorte (circunstâncias casuais favoráveis). Cite alguns exemplos.

_____
_____
_____
_____
_____
_____
_____
_____

buscavam na África do Sul. Como conseguiram a adesão de Allan Quatermain?

_____

_____

_____

_____

_____

_____

_____

_____

_____

2. Quais os perigos implicados na viagem empreendida pelos três ingleses?

_____

_____

_____

_____

_____

_____

_____

_____

_____

_____

_____

_____

_____

_____

_____

_____

4. Quem era José Silvestre? Qual foi a sua participação na história?

_____

_____

_____

_____

_____

_____

_____

_____

_____

_____

_____

_____

....

Hoje é terça-feira. Daqui a três dias parte um navio para a Inglaterra. Acredito que devo aceitar o convite de Curtis e embarcar nele. Poderei rever os amigos, matar as saudades do meu filho e acompanhar de perto a impressão deste livro.

QUEM É WERNER ZOTZ?

Ele nasceu em Santa Catarina, foi professor e jornalista e é escritor consagrado, autor de *Apenas um curumim*, *Não-me-toque em pé de guerra* e *Barco branco em mar azul*, entre muitos outros livros. Mas, por incrível que pareça, a coisa que Werner mais gosta de fazer na vida é pescar. Depois, namorar. E só então vem a atividade de escrever... e também a de ler.

Já realizou outras adaptações para a série Reencontro Literatura. São elas: *Moby Dick*, de Herman Melville e *Robinson Crusoé*, de Daniel Defoe, aventuras tão vibrantes quanto a obra que agora apresentamos ao leitor.